目录

自 序
坐看云起与大江东去 1
——从品味唐诗到感觉宋词

第一章 李煜

唐诗何以变成宋词　002

前半生的醉生梦死，后半生的亡国之痛　004

富贵繁华都幻灭了　007

命运的错置　010

俗世文学自有其活泼与力量　015

有如流行歌曲　018

对繁华的追忆　019

打破唐诗规矩　022

人间没个安排处　024

无奈夜长人不寐　026

《浪淘沙》：李煜在美学上的极品　028

第二章 从五代词到宋词

诗和词之间的界限 036
词长于抒情 038
词是视觉性非常高的文学形式 040
从风花雪月到《花间集》 043
"自恋"的美学经验 046
以一枚雪片的姿态体会宇宙自然 048
文人的从容 058
包容之美 061
深情存在于万事万物 064
为君持酒劝斜阳,且向花间留晚照 069

第三章 范仲淹、晏殊、晏幾道、欧阳修

- 知识分子的"分裂"个性 076
- 享受生活中的平凡和宁静 082
- 超越感伤和喜悦 085
- 昨夜西风凋碧树,独上高楼,望尽天涯路 089
- 感伤与温暖并存 092
- 落花人独立,微雨燕双飞 094
- 中国文学中的夜晚经验 097
- 庭院深深深几许 099
- 白发戴花君莫笑 103
- 把酒祝东风,且共从容 104
- 富有而不轻浮 107
- 人生自是有情痴,此恨不关风与月 109
- 天赋与轻狂 111
- 行人更在春山外 112
- 率性令生命优美 114

第四章 柳永

才子词人,自是白衣卿相 118
"慢词"自柳永开始 124
衣带渐宽终不悔,为伊消得人憔悴 127
今宵酒醒何处 128

附录 130

自序

坐看云起 与大江东去
—— 从品味唐诗到感觉宋词

我喜欢诗,喜欢读诗、写诗。

少年的时候,有诗句陪伴,好像可以一个人躲起来,在河边、堤防上、树林里、一个小角落,不理会外面世界轰轰烈烈发生什么事。少年的时候,也可以背包里带一册诗,或者,即使没有诗集,就是一本手抄笔记,有脑子里可以背诵记忆的一些诗句,也足够用,可以一路念着,唱着,一个人独自行走去了天涯海角。

有诗就够了,年轻的时候常常这么想。

有诗就够了,行囊里有诗,口中有诗,心里面有诗,仿佛就可以四处流浪,跟自己说:"今宵酒醒何处?"很狂放,也很寂寞。

少年的时候，相信可以在世界各处流浪，相信可以在任何陌生的地方醒来，大梦醒来，或是大哭醒来，满天都是繁星，可以和一千年前流浪的诗人一样，醒来时随口念一句："今宵酒醒何处？"

无论大梦或大哭，仿佛只要还能在诗句里醒来，生命就有了意义。很奇怪的想法，但是想法不奇怪，很难喜欢诗。

在为鄙俗的事吵架的时候，大概是离诗最远的时候。

少年时候，有过一些一起读诗写诗的朋友，现在也还记得名字，也还记得那些青涩的面容，笑得很腼腆。读自己的诗或读别人的诗，都有一点悸动，像是害羞，也像是狂妄。

日久想起那些青涩腼腆的声音，后来都星散各地，也都无音讯，心里有惆怅唏嘘，不知道他们流浪途中，是否还会在大梦或大哭中醒来，还会又狂放又寂寞地跟自己说："今宵酒醒何处？"

走到天涯海角，离得很远，还记得彼此；或者对面相逢，近在咫尺，都走了样，已经不认识彼此，不是两种生命不同的难堪吗？

"纵使相逢应不识"，读苏轼这一句，我总觉得心中悲哀。不是容貌改变了，认不出来，或者，不再相认，因为岁月磨损，没有了诗，相逢或许也只是难堪了。

曾经害怕过，老去衰颓，声音喑哑，失去了可以读诗写诗的腼腆伴侣。

前几年路上偶遇大学诗社的朋友，很紧张，还会怯怯地低声问一句："还写诗吗？"

这几年连"怯怯地"也没有了，仿佛开始知道，问这句话，对自己或对对方，多只是无谓的伤害。

所以，还能在这老去的岁月里，默默让生命找回一点诗句的温度，或许是奢侈的吧？

生活这么沉重辛酸，也许只有诗句像翅膀，可以让生命飞翔起来。

自序　坐看云起与大江东去

"天长路远魂飞苦",为什么李白用了这样揪心的句子?

从小在诗的声音里长大,父亲母亲总是让孩子读诗背诗,连做错事的惩罚,有时也是背一首诗,或抄写一首诗。

街坊邻居闲聊,常常出口无端就是一句:"虎死留皮人留名啊。"那人是街角捡字纸(专门捡别人丢弃的有字的纸,整理焚烧)的阿伯,但常常出口成章,我以为是"字纸"捡多了也会有诗。

有些诗,是因为惩罚才记住了。在惩罚里大声朗读:"明月出天山,苍茫云海间。长风几万里,吹度玉门关……"诗句让惩罚也不像惩罚了,朗读是肺腑的声音,无怨无恨,像天山明月,像长风几万里,那样辽阔大气,那样澄澈光明。

有诗,就没有了惩罚。苏轼总是在政治的惩罚里写诗,越惩罚,诗越好。流放途中,诗是他的救赎。

诗,会不会是千万年来许多民族最古老最美丽的记忆?

希腊古老的语言在爱琴海的岛屿间随波涛咏唱——《奥德赛》《伊利亚特》,关于战争,关于星辰,关于美丽的人与美丽的爱情。

沿着恒河与印度河,一个古老民族传唱着《摩诃婆罗多》《罗摩衍那》,也是战争,也是爱情,无休无止的人世的喜悦与忧伤。

黄河长江的岸边,男男女女,划着船,一遍一遍唱着:"蒹葭苍苍,白露为霜。所谓伊人,在水一方。溯洄从之,道阻且长。溯游从之,宛在水中央。"

歌声、语言、顿挫的节奏、呼应的和声,反复、重叠、回旋,像长河的潮汐,像江流蜿蜒,像大海波涛,一代一代传唱着民族最美丽的声音。

《诗经》的十五国风,是不是两千多年前汉语地区风行的歌谣?唱着欢欣,也唱着哀伤;唱着梦想,也唱着幻灭。

他们唱着唱着,一代一代,在百姓口中流传风行,咏叹着生命。

《诗经》从"诗"变成"经"是以后的事。"诗"是声音的流传,"经"被书写成了固定的文字。

我或许更喜欢"诗",自由活泼,在活着的人口中流传,是声音,是节奏,是旋律,可以一面唱一面修正,还没有被文字限制成固定死板的"经"。

《诗经·大雅·绵》讲盖房子:"捄之陾陾,度之薨薨。筑之登登,削屡冯冯。"

变成文字,简直聱牙。经过两千多年,就需要一堆学者告诉年轻人:"冯冯,读音是'凭凭'。"

如果还是歌声传唱,这盖房子的声音就热闹极了,这四种声音,在今天,当然就可以唱成"隆隆""轰轰""咚咚""凭凭"。"乒乒乓乓",盖房子真热闹,最后"百堵皆兴",一堵一堵墙立起来,要好好打大鼓来庆祝,所以"馨鼓弗胜"。

"诗"有人的温度,"经"只剩下躯壳了。

文字有几千年,语言比文字早很多。声音也比文字更属于百姓,不识字,还是会找到最贴切活泼的声音来记忆、传达、颂扬,不劳文字多事。

台湾岛东部少数民族部落里人人都歌声美丽,汉字对他们框架少、压力小,他们被文字"污染"不深,因此歌声美丽,没有文字羁绊,他们的语言因此容易飞起来。

我常在闽南地区听到最近似"陾陾""薨薨"的美丽声音。他们的声音有节奏,有旋律,可以悠扬婉转,他们的语言还没有被文字压死。最近听桑布伊唱歌,全无文字,真是"咏""叹"。

害怕"经"被亵渎,死抱着"经"的文字不放,学者、知识分子的《诗经》不再是"歌",只有躯体,没有温度了。

可惜,"诗"的声音死亡了,变成文字的"经",像百啭的春莺,被割了喉管,努力展翅飞扑,还是痛到让人叹惋。

"惋""叹"都是声音吧,比文字要更贴近心跳和呼吸。有点像

《诗经》《楚辞》里的"兮",文字上全无趣味,我总要用叹惋的声音体会这可以拉得很长的"兮","兮"是音乐里的咏叹调。

从《诗经》的十五国风,到"汉乐府",都还是民间传唱的歌谣。仍然是美丽的声音的流传,不属于任何个人,大家一起唱,一起和声,你一句,我一句,他一句,变成集体创作的美丽作品。

"青青河畔草,绵绵思远道。远道不可思,夙昔(一作:宿昔)梦见之……"只有歌声可以这样朴素直白,是来自肺腑的声音,有肺腑间的热度。头脑思维太不关痛痒,口舌也只有是非,出来的句子,不会是"诗",不会这样有热烈的温度。

我总觉得汉语诗是"语言"带着"文字"飞翔,因此流畅华丽,始终没有脱离肺腑之言的温度。

小时候在庙口听老人家用闽南语吟诗,真好听,香港朋友用老粤语唱姜白石(姜夔)的《长亭怨慢》,也是好听。

我不喜欢诗失去了"声音"。

汉字从秦以后统一了,统一的汉字有一种霸气,让各地方并没有统一的"汉语"自觉卑微。然而我总觉得活泼自由的汉语在民间的底层活跃着,充满生命力,常常试图颠覆官方汉字因为装腔作势越来越死板的框框。

文化僵硬了,要死不死,语言就从民间出来,用歌声清洗一次冰冷濒临死亡的文字,让"白话"清洗"文言"。

唐诗在宋朝蜕变出宋词,宋词蜕变出元曲,乃至近现代的"白话文运动",大概都是"借尸还魂",从庶民间的"口语"出来新的力量,创造新的文体。每一次文字濒临死亡,民间充满生命活力的语言就成了救赎。

因此或许不需要担心诗人写什么样的诗,回到大街小巷、回到庙口、回到百姓的语言中,也许就重新找得到文学复活的契机。

小时候在庙口长大,台北大龙峒的保安宫。庙会一来,可以听到各种美丽的声音,南管、北管、子弟戏(歌仔戏)、客家山歌吟唱、相褒对唱,受日本影响的浪人歌谣,战后移居台湾的山东大鼓、河南梆子、秦腔,乃至美国(20世纪)50年代的摇滚,都混杂成庙口的声音,像是冲突,像是不协调,却是一个时代惊人的和声,在冲突不协调里寻找彼此融合的可能性。我总觉得,新的声音美学在形成,像经过三百多年魏晋南北朝的纷乱,胡汉各地的语言、各族的语言、印度的语言、波斯的语言、东南亚各地区的语言,彼此冲击,从不协调到彼此融合,准备着大唐盛世的来临,准备语言与文字达到完美巅峰的唐诗的完成。

应该珍惜,台湾岛是声音多么丰富活泼的地方。

生活里其实诗无所不在。家家户户门联上都有"风调雨顺""国泰民安",那是《诗经》的声音与节奏。

邻居们见了面总问一句,"吃饭了吗?""吃饱了?"也让我想到《古诗十九首》里动人的一句叮咛:努力加餐饭。上言加餐饭,生活里、文学里,"加餐饭"都一样重要。

我习惯走出书房,走到百姓间,在生活里听诗的声音。

小时候顽皮,一伙儿童去偷挖番薯,老农民发现,手持长竹竿追出来。他一路追一路骂,口干舌燥。追到家里,告了状,父亲板着脸,要顽童背一首唐诗作为惩罚——《茅屋为秋风所破歌》,读到"南村群童欺我老无力",忽然好像读懂了杜甫。在此后的一生里,记得人在生活里的艰难,记得杜甫或穷苦的农民,会为几根茅草或几个地瓜"唇焦口燥"追骂顽童。

我们曾经都是杜甫诗里欺负老阿伯的"南村群童",在诗句中长大,知道有多少领悟和反省,懂得敬重一句诗,懂得在诗里尊重生命。

唐诗语言和文字都太美了,忘了它其实如此贴近生活。走出书房,走出教科书,在我们的生活中,唐诗无处不在,这才是唐诗恒久而普遍的巨大影响力吧。

唐诗语言完美，可以把口语问话入诗。

唐诗文字声音无懈可击：无边落木萧萧下，不尽长江滚滚来。写成对联，文字结构和音韵平仄都如此平衡对称，如同天成。

在一个春天走到江南，偶遇花神庙，读到门槛上两行长联，真是美丽的句子：

风风雨雨，暖暖寒寒，处处寻寻觅觅。
莺莺燕燕，花花叶叶，卿卿暮暮朝朝。

那一对长联，霎时让我觉得骄傲，是在汉字与汉语的美丽中长大的骄傲，只有汉字汉语可以创作这样美丽工整的句子。平仄、对仗、格律，仿佛不只是技巧，而是一个民族传下来可以进入春天，可以进入花神庙的通关密语。

有诗，就有了美的钥匙。

我们羡慕唐朝的诗人，水到渠成，活在文字与语言无限完美的时代。

张若虚的《春江花月夜》，传说里的"孤篇压倒全唐之作"，是一个时代的序曲，这样豪迈大气，却可以这样委婉平和，使人知道"大"是如此包容。讲春天、讲江水、讲花朵、讲月光、讲夜晚，格局好大，却一无霸气。盛世，是从这样的谦逊内敛开始的吧，不懂谦逊内敛，盛世没有厚度，只是夸大张扬，装腔作势而已吧。

王维、李白、杜甫，构成盛唐的基本核心价值，"佛""仙""圣"，古人用很精简的三个字概括了他们美学的调性。

"行到水穷处，坐看云起时。"王维是等在寺庙里的一句签，知道人世外还有天意，花自开自落，风云自去自来，不劳烦恼牵挂。经过劫难，有一天走到庙里，抽到一支签——行到水穷处，坐看云起时，那一

自序　坐看云起与大江东去

定是上上签吧。

"我歌月徘徊，我舞影零乱。"李白是汉语诗里少有的青春闪烁，这样华美，也这样孤独，这样自我纠缠。年少时不疯狂爱一次李白，简直没有年轻过。我爱李白的时候总觉得要走到繁华闹市读他的《将进酒》，酒楼的喧闹，奢华的一掷千金，他一直想在喧闹中唱歌："岑夫子，丹丘生。"我总觉得他叫着"老张，老王，别闹了"。"与君歌一曲，请君为我倾耳听"，在繁华的时代，在冠盖满京华的城市，他是彻底的孤独者。杜甫说对了：冠盖满京华，斯人独憔悴！

不能彻底孤独，不会懂李白。

"诗圣"完全懂李白作为"仙"的寂寞。然而杜甫是"诗圣"，"圣"必须要回到人间，要在最卑微的人世间完成自己。

战乱、饥荒、流离失所，"朱门酒肉臭，路有冻死骨"。杜甫低头看人世间的一切，看李白不屑一看的角落。"三吏""三别"，让诗回到人间，书写人间，听人间各种哭声。战乱、饥荒、流离失所，我们也要经历这些，才懂杜甫。杜诗常常等在我们生命的某个角落，在我们狂喜李白的青春过后，忽然懂得在人世苦难前低头，懂得文学不只是自我趾高气扬，也要这样在种种生命苦难前低头谦卑。

诗佛、诗仙、诗圣，组成唐诗的巅峰，也组成汉诗记忆的三种生命价值，在漫漫长途中，或佛，或仙，或圣，我们仿佛不是在读诗，是一点一点找到自己内在的生命元素。王维、李白、杜甫，三种生命形式都在我们身体里面，时而恬淡如云，时而长啸伴狂，时而沉重忧伤。唐诗，只读一家，当然遗憾；唐诗，只爱一家，也当然可惜。

这套书，是近三十年前读书会的录音，讲我自己很个人的诗词阅读乐趣。录音流出，也有人整理成文字，很多未经校订，错误杂乱，我读起来也觉得陌生，好像不是自己说的。

悔之多年前成立有鹿文化，他一直希望重新整理出版我说"文学之美"的录音，我拖延了好几年。一方面还是不习惯语言变成文字，另一方面也觉得这些录音太个人，读书会谈谈可以，变成文字，还是有点觉得会有疏漏。

悔之一再敦促，也特别再度整理，请青年作家凌性杰、黄庭钰两位校正，两位都对中学语文教学有所关心，他们的意见是我重视的。这套书里选读的作品多是台湾目前语文教科书的内容。如果今天台湾的少年读这些诗、这些词，除了用来考试升学，能不能让他们有更大的自由，能真正品味这些唐诗宋词之美？能不能让他们除了考试、除了注解评论，还能有更深的对诗词在美学上的人生感悟与反省？

也许，悔之有这些梦想，性杰、庭钰也有这些梦想，许多语文教学的老师都有这样的梦想：让诗回到诗的本位，摆脱考试升学的压力，可以是成长的孩子生命里真正的"青春作伴"。

我在读书会里其实常常朗读诗词，我不觉得一定要注解。诗，最好的诠释可不可能是自己朗读的声音？

因此我重读了张若虚的《春江花月夜》，重读了白居易的《琵琶行》，一句一句，读到"江畔何人初见月？江月何年初照人？"，读到"同是天涯沦落人，相逢何必曾相识！"，还是觉得动容，诗人可以这样跟江水月亮说话，可以这样跟一个过气的歌伎说话，跟孤独落魄的自己说话。这两个句子，会需要注解吗？

李商隐好像难懂一点，但是，我还是想让自己的声音环绕在他的句子中，"相见时难别亦难"，好多矛盾、好多遗憾、好多两难，那是义山诗，那也是我们每一个人的生命景况。我们有一天长大了，要经过多少次"相见"与"告别"，终于会读懂"相见时难别亦难"。不是文字难懂，是人生难懂，生命艰难，有诗句陪着，可以慢慢走去，慢慢读懂自己。

> 荷叶生时春恨生,荷叶枯时秋恨成。
> 深知身在情长在,怅望江头江水声。

春去秋来,生枯变换,我们有这些诗,可以在时间的长河边,听水声悠悠。

要谢谢云门舞集音乐总监梁春美为唐诗宋词的录音费心,录王维的时候我不满意,几次重录,我跟春美说:"要空山的感觉",又加一句"最安静的巴赫",自己也觉得语无伦次,但春美一定懂,这一份录音交到聆听者手中,希望带着空山里的云岚,带着松风,带着石上青苔的气息,弹琴的人走了,所以月光更好,可以坐看一片一片云的升起。

但是要录几首我最喜爱的宋词了——李煜的《浪淘沙》《虞美人》《破阵子》《相见欢》,这些几乎在儿童时就朗朗上口的词句,当时完全无法体会什么是"四十年来家国",当时怎么可能读懂"梦里不知身是客"。每到春分,窗外雨水潺潺,从睡梦中惊醒,一晌贪欢,不知道那个遥远的南唐原来这么熟悉,不知道那个"垂泪对宫娥"的赎罪者仿佛正是自己的前世因果。"仓皇辞庙",在父母怀抱中离开故国,我曾经也有这么大的惊惶与伤痛吗?已经匆匆过了感叹"四十年来家国"的痛了,在一晌贪欢的春雨飞花的南唐,不知道还能不能忘却在人间久客的哀伤肉身。

每一年春天,在雨声中醒来,还是磨墨吮笔,写着一次又一次的"梦里不知身是客,一晌贪欢",看渲染开来的水墨,宛若泪痕。我最早在青少年时读着读着的南唐词,竟仿佛是自己留在庙里的一支签,签上诗句,斑驳漫漶,但我仍认得出那垂泪的笔迹。

亡一次国,有时只是为了让一个时代读懂几句词吗?何等挥霍,何等惨烈,他输了江山,输了君王,输了家国,然而下一个时代,许多人从他的诗句里学会了谱写新的歌声。

自序　坐看云起与大江东去

宋词的关键在南唐，在亡了江山的这一位李后主身上。

南唐的"贪欢"和南唐的"梦里不知身是客"都传承在北宋初期的文人身上。晏殊、晏幾道、欧阳修，他们的歌声里都有贪欢沉溺，也惊觉人生如梦，只是暂时的客居。贪欢只是一晌，短短梦醒，醒后犹醉，在镜子里凝视着方才的贪欢，连镜中容颜也这样陌生。"一场愁梦酒醒时""无可奈何花落去，似曾相识燕归来"，在岁月里多愁善感。晏幾道贪欢更甚——"记得小蘋初见"，连酒楼艺伎身上的"两重心字罗衣"都清清楚楚，图案、形状、色彩，绣线的每一针每一线，他都记得。

南唐像一次梦魇，烙印在宋词身上。"落花人独立，微雨燕双飞"，唐朝写不出的句子，在北宋的歌声里唱了出来。他们走不出边塞，少了异族草原牧马文化的激荡。他们多在都市中，在寻常百姓巷弄，在庭院里，在酒楼上，他们看花落去、看燕归来，他们比唐朝的诗人没有野心，更多惆怅感伤，泪眼婆娑，跟岁月对话。他们惦记着"衣上酒痕"，惦记着"诗里字"，都不是大事，无关家国，不成"仙"，也不成"圣"，学佛修行也常常自嘲不彻底，歌声里只是他们在岁月里小小的哀乐记忆。

"白发戴花君莫笑。"我喜欢老年欧阳修的自我调侃，一个人做官还不失性情，没有一点装腔作势。

范仲淹也一样，负责国家沉重的军务国防，可以写《渔家傲》"将军白发征夫泪"的苍老悲壮，也可以写下《苏幕遮》中"酒入愁肠，化作相思泪"这样情深柔软的句子。

也许不只是"写下"，他们生活周边有乐工，有唱歌的女子，她们唱《渔家傲》，也唱《苏幕遮》，她们手持琵琶，她们有时刻意让身边的男子忘了外面家国大事，可以为她们的歌曲写"新词"。新词是一个字一个字填进去的，一个字一个字试着从口中唱出，不断修正。"词"的主人不完全是文人，是文人、乐工和歌伎共同创作的吧。

了解宋词产生的环境,或许会觉得,我们面前少了一个歌手。这歌手或是青春少女,手持红牙檀板缓缓倾吐柳永的"今宵酒醒何处";或是关东大汉,执铁板铿锵豪歌苏轼的"大江东去"。这当然是两种不同的美学情境,使我感觉宋词有时像邓丽君,有时像江蕙。同样一首歌,有时像酒馆爵士,有时像黑人灵歌。同样的旋律,不同歌手唱,会有不同诠释。鲍勃·迪伦的"Blowin'in the Wind"(《答案在风中飘》),许多歌手都唱过,诠释方式也都不同。

面前没有了歌手,只是文字阅读,总觉得宋词感觉起来少了什么。

柳永词是特别有歌唱性的,柳永一生多与伶工歌伎生活在一起,《鹤冲天》里"忍把浮名,换了浅斟低唱!","浅斟低唱"是柳词的核心。他著名的《雨霖铃》没有"唱"的感觉,很难进入情境。例如,一个长句——"念去去,千里烟波,暮霭沉沉楚天阔"。停在"去去"两个声音感觉一下,我相信不同的歌手会在这两个音上表达自己独特的唱法。"去去"两字夹在这里,并不合文法逻辑,但如果是"声音","去""去"两个仄声中就有千般缠绵、千般无奈、千般不舍、千般催促。这两个音挑战着歌手,歌手的唇齿肺腑都要有了颤动共鸣,"去""去"两字就在声音里活了起来。

只是文字"去去"很平板,可惜,宋词没有了歌手,我们只好自己去感觉声音。

谢恩仁校正到苏轼的《水调歌头》时,他一再问:"是'只恐'?是'唯恐'?还是'又恐'?"

我还是想象如果面前有歌手,让我们"听",不是"看"《水调歌头》,此处他会如何转音?

因为柳永的"去去",因为李清照的"寻寻觅觅,冷冷清清,凄凄惨惨戚戚",我更期待宋词要有"声音"。"声音"不一定是唱,可以是"吟",可以是"读",可以是"念",可以是"呻吟""泣诉"，也可以是"号啕""狂笑"。

也许坊间不乏宋词的声音，但是我们或许更迫切希望有一种今天宋词的读法，不配音乐，不故作摇头摆尾，可以让青年一代更亲近，不觉得做作古怪。

在录音室试了又试，梁春美说她不是文学专业，我只跟她说："希望孩子听得下去。"像听德彪西，像听萨蒂，像听琵雅芙，琵雅芙是在巴黎街头唱歌给庶民听的歌手。

"孩子听得下去"，是希望能在当代汉语中找回宋词在听觉上的意义。

找不回来，该湮灭的也就湮灭吧，存在少数图书馆让学者做研究，不干我事。

雨水刚过，就要惊蛰，是春雨潺潺的季节了，许多诗人在这乍暖还寒时候睡梦中惊醒，留下欢欣或哀愁，我们若想听一遍"行到水穷处，坐看云起时"，想听一遍"四十年来家国，三千里地山河"，也许可以试着听听看，这套书里许多朋友合作一起找到的唐诗宋词的声音。

2017年2月刚过雨水，即将惊蛰
蒋勋丁八里淡水河畔

第一章

李煜

蒋勋说宋词 上

从李煜到范仲淹

唐诗何以变成宋词

原来属于市井庶民的歌声，
变成士大夫用来抒发生命某一种情怀的媒介

唐诗经过初唐，发展到李白、杜甫、李商隐、杜牧等人，成就高到某种程度以后，讲求隐喻修辞，已经有些高不可攀，民间慢慢读不懂了。凡是艺术形式意境越来越高的时候，往往也说明它逐渐远离了民间。可是民间不可能没有娱乐生活，老百姓会自己创作一些歌来唱，这些歌往往会被士大夫认为是不登大雅之堂的，两者之间的距离就越来越远。然而，一旦两者被拉近，就会产生新的艺术形式，即我们现在讲的"词"。

宋朝人仍然写诗，甚至诗作的数量比词还要多，却没有词的成就高，这是有趣的现象。词的音韵形式发生一些变化，当我们读到"春花秋月何时了？往事知多少"时，会发现音韵的跌宕起伏产生很多节奏上的新韵律感，也因此拓展出词的境界。

五代词是唐诗过渡到宋词的桥梁，而其中的关键人物是李后主，即李煜。李煜的作品其实不多，却在文学史上具有旋转乾坤的影响力。

李煜是战争的失败者，却是文化上的战胜者。宋灭南唐，南唐后主的词却征服了宋。北宋时，虽然大家还在写诗，可是词已经变成文学里的重要形式。李煜使原来属于市井庶民的歌声，变成士大夫用来抒发生命某一种情怀的媒介。那些伶工从来没有想到自己的作品可以变得这么有意境。

"词"这一文学形式的出现与成熟，要注意两个方面。一是民间创作。词最初不是文人创作，而是产生于民间的歌曲，是较为通俗的民间文化。后来当文人开始用这一形式去抒写自己的心情时，它才变成民间与文人合作产生的文学成就。二是李煜，是他把民间创作与文人创作成功地连接在一起。

第一章 李煜 003

前半生的醉生梦死，
后半生的亡国之痛

前半生他面对自己，追求感官上的愉悦；
亡国以后，他的后半生尽是哀伤痛悔

    李商隐、杜牧创造出晚唐诗靡丽的风格，没过多久，大唐被瓦解，进入五代十国的分裂局面。这一阶段，有两个国家比较安定繁荣。一个是定都在金陵（今江苏南京）的南唐，延续了对唐朝的向往与崇拜，并且自认为延续了唐朝的正统，故以"唐"为国号。李煜是南唐最后一位君主，被称为"李后主"。另一个是建都在成都的后蜀，四川本来就是富有的地方，也产生了非常华丽的艺术和文学创作。五代十国是战争频发的乱世，在乱世当中，江南与蜀地保有了文化上的稳定力量，南唐更是出现了一个重要的文人，而且是一个君王——李煜。

    词的形式起源于唐，这个过程中最重要的人物就是李煜。王国维在《人间词话》中对李煜评价极高，说他"遂变伶工之词而为士大夫之词"。如果中国文学史上没有李煜这个人，也就没有后来的士大夫之词。伶工是写"流行音乐"的人，是以演奏音乐作为职业的人，他们的音乐形式在民间流行，虽拥有群众，在社会上的地位却不高，只是被人们当成消遣娱乐。而"士大夫之词"就是后来欧阳修、苏轼等人写的词。这些人是士大夫，是社会文化的领导者，他们认为词可以变成上层的文学形式。好比今天有一个人，在流行歌的曲调里填进自己写的词，提高了流行歌曲的意境，李煜就是进行这种文学改革的开创人物。

    李煜身上存在着有趣的矛盾，他的前半生与后半生截然不同。他生于

第一章 李煜

富贵之家,成长于华丽的宫廷,父祖都是君王,他并不知道民间疾苦,完全是一个耽于淫乐的君王,每天关注的都是自己的吃喝玩乐。可是他喜欢文学,就去写词唱歌,唱的东西常常是艳情的内容。我想大家都听过李煜与大周后、小周后的故事,一对美丽的姐妹先后成为他的王后。他有几首词就是写自己和小周后婚前幽会的场景,例如"划袜步香阶,手提金缕鞋"。李煜的艳情与李商隐全然不同,李商隐有感伤,而他没有,耽于贪欢成分更多。

李煜一生描述的就是宫里的女子。唐朝画家周昉画里的女子与李煜所欣赏的宫廷女子之间似乎存在某种联系。《玉楼春》是李煜在亡国之前享乐时代的作品,里面没有任何感伤。我们在读这首词的时候,会感觉到他描述的是绝对的享乐。

玉楼春 ○

晚妆初了明肌雪,春殿嫔娥鱼贯列。笙箫吹断水云间,重按霓裳歌遍彻。
临风谁更飘香屑,醉拍阑干情味切。归时休照烛花红,待放马蹄清夜月。

"晚妆初了明肌雪",黄昏以后,刚刚入夜,这些华丽宫廷里的女子刚化上晚妆。从这句词里可以感觉到女子皮肤的细腻白皙,像雪一样洁净。"春殿嫔娥鱼贯列",在李煜的宫殿中,那些妃嫔宫娥,那些美丽的女子,身着盛装,人数众多,列队齐整。"笙箫吹断水云间",宫廷里面养了非常多的伶工,唱着美丽的歌,吹着箫,音乐与水云闲逸地飘扬着。"重按霓裳歌遍彻",音乐演奏完了,开始重新演奏《霓裳羽衣曲》。白居易的《长恨歌》中也提过《霓裳羽衣曲》这首唐朝的大曲。

○《玉楼春》,又名《惜春容》《西湖曲》《木兰花》《玉楼春令》《归朝欢令》《木兰花令》。词牌。双调,五十六字,仄韵。见《词谱》一二、《词律》七。

"临风谁更飘香屑",这么美的音乐,这么美的舞蹈,是谁锦上添花,随风四处撒了香料粉屑?"醉拍阑干情味切",好像已经喝醉酒,在那边拍着栏杆唱歌。这些都是在写皇宫里面的娱乐生活,一种追求感官愉悦的华丽生活。"归时休照烛花红,待放马蹄清夜月",宴会结束时,李煜吩咐旁边的侍从不要点那红色的蜡烛,因为今天的月光特别好,他想骑马踏着月光回家。挑剔感觉的细腻精致,这个君王竟然可以爱美爱到这种程度,享受美享受到这种程度。

在李煜早期的作品中,我们读不到感伤,他没有想到有一天感伤会降临到自己身上。偏安江南的朝代或国家到了第三代以后,常常出现类似的情况:华贵、富丽,又有点糜烂的生活。在《玉楼春》里,我们看到李煜对整个生命的态度和亡国以后非常不一样。

李煜也从来没有想过要打仗,想不到北宋大军南下。他后来在词里写道:"几曾识干戈?"从君王忽然变成俘虏,巨大的命运转折使他在文学史里扮演了重要角色。

王国维对他有两个评价:一是称他是将伶工之词变为士大夫之词的革命者;二是说他的词作"真所谓以血书者也",其人如基督、释迦牟尼般担负了"人类罪恶之意"。他是一个亡国之君,觉得所有的罪都由自己来承担吧,赎罪意识形成,他后期的文学忽然跳到很高的境界。这样一个角色,也许是非常值得我们去理解的。

王国维在评论李煜的时候,有一种很特殊的悲悯。他说李煜"生于深宫之中,长于妇人之手",从小在女人堆中长大,没有办法要求他不写这样的作品,他在富贵中没有机会反省自己的"贪欢"。亡国是他生命的另外一个开始。前半生他面对自己,追求感官上的愉悦;亡国以后,他的后半生尽是哀伤痛悔。

富贵繁华都幻灭了

他们完成了文化上的创新,却输了政治上的角逐

《破阵子》是李煜一首重要的作品,可以看到他在亡国之际生命形态的转折,好像忽然感觉到自己过去的富贵繁华都幻灭了,这首词大概是李煜对自己一生最诚实的回忆。

破阵子

四十年来家国,三千里地山河。凤阁龙楼连霄汉,玉树琼枝作烟萝。几曾识干戈? 一旦归为臣虏,沈腰潘鬓消磨。最是仓皇辞庙日,教坊犹奏别离歌。垂泪对宫娥。

"四十年来家国"是讲李氏王朝三代人在江南有将近四十年的历史,李煜从来没有想过这个国家会灭亡。南唐国土广袤,所以说"三千里地山河"。他回忆着南唐数十年的统治,数十年的繁华。"凤阁龙楼连霄汉",皇宫里那种非常漂亮的房子,装饰着凤和龙的楼阁,简直已经连到天上去了。"玉树琼枝作烟萝",皇宫里种着名花奇树,华丽珍贵,在园林当中像是烟雾笼拢、藤萝父缠。他在写一种富贵豪华,从来没有想到有一天会打仗——"几曾识干戈?"好痛的句子。

一个偏安江南的皇室第三代,大概也没有其他路可走,北方的宋王朝

○《破阵子》又名《十拍子》。词牌。本为唐大曲《破阵乐》中之一遍,此因旧曲另度新声。双调,六十二字,上下片各五句,三平韵。见《词谱》一四、《词律》九。

已经建立,虎视眈眈,正要挥兵南下,一个"生于深宫之中,长于妇人之手"的多情男子,根本没有想过什么叫作战争。顾闳中画过一幅《韩熙载夜宴图》,主人公就是曾在李煜的朝廷里做大官的韩熙载。韩熙载曾经建议加强国防,北伐中原,可是南朝安逸,朝野上下没有人想打仗,后来韩熙载为求自保,也放任起来,在家里通宵达旦地举行宴会。李煜派顾闳中到韩熙载家一探究竟,顾闳中就把韩家繁华的夜宴画了下来。

在这首词里,可以读到李煜对自己成长经历的描述。他回忆到"一旦归为臣虏",那一天他忽然变成了俘虏,宋军把他抓到北方的东京,宋太祖封他为"违命侯"。宋军凯旋,自然要庆祝,宋太祖招待群臣吃饭,对李煜说:"听说你很会填词,我们今天举行宴会,你就填一首词,再找歌手来唱一唱吧。"李煜便写了词给大家唱。宋太祖"称赞"他说:"好一个翰林学士。"这里面有很大的侮辱,根本没有把李煜当成一个君王看。

李煜变成俘虏以后,想到的竟然还是美。"沈腰潘鬓消磨","沈"是沈约,"潘"是潘岳。沈约老病以至腰瘦了,潘岳是历史上的美男子,壮年时双鬓就花白,李煜用这两个典故来形容自己饱受折磨的容貌。在亡国之际,他还在担心自己的容貌要憔悴了。王国维对他的欣赏,就是因为他的一派天真。下面是他最哀伤的回忆。他觉得一生中最难过的时刻,是亡国的那一天。"最是仓皇辞庙日",李煜用了"仓皇"两个字,他跑去拜别太庙,但敌人没给他充足的时间。"教坊犹奏别离歌","教坊"是王室的乐队,在此时演奏起充满别离意味的曲子。他看到平常服侍他的宫女,就哭了,于是"垂泪对宫娥"。

人们觉得到这个时候李煜还在"垂泪对宫娥",真是太过贪好女色,如果他说"垂泪对家国",好像还可以被原谅。王国维认为李煜作为诗人的真性情,就是在这个时候表现出来的,他觉得要走了,最难过的就是要与这些一同长大的女孩子告别。所谓的忠,所谓的孝,对他来讲非常

空洞。这里颠覆了传统的"文以载道",是真性情的展现。李煜没有其他机会去感知家国到底是什么,家国对他来讲,只是供他挥霍的富贵。"凤阁龙楼连霄汉,玉树琼枝作烟萝",这就是他心目中的家国。至于"三千里地山河",他哪里去过?疆域对他来讲,有一点像卡尔维诺(1923—1985)写的《看不见的城市》,他从来没有真正看过,他一直在宫廷里,连金陵城都没有出过。一个在这种环境中长大的第三代君王,"垂泪对宫娥"就是他真心会讲的一句话。

  王国维对李煜的评论,有非常动人的部分。文学、艺术的创作,最重要的一点就在于是否真诚。可是当文化传统要求"文以载道"时,我们往往不得不作伪,不能不"载道"。李煜写的"垂泪对宫娥",如果以现代视角来看,刚好颠覆了人的伪善,所以王国维认为他此后"俨有释迦、基督担荷人类罪恶之意"。他到北方之后,觉得身上背负着亡国之君的罪过,后来的宋徽宗也是如此。他们完成了文化上的创新,却输了政治上的角逐。

命运的错置

李煜不只是在写自己，
更是在写生命从繁华到幻灭的状态

在政治上，李煜、宋徽宗都是亡国之君，是受诟病与批判的。可是在文化上，没有李煜或许就没有宋朝的词，没有宋徽宗或许就没有南宋和元以后那么高的绘画成就。

宋徽宗留下一个传统，一个执政者如果没有文化方面的收藏，是不配作为执政者的。后来的人接受了这种理念，因为他代表了正统。正统并不等同于政治或政权，而是一种意识。正是这种意识，使一批文物能被保存下来，在任何战争当中，执政者最先要带走的就是这些文物，拥有文物，才拥有正统。

宋徽宗的个人创作丰富，他的收藏、他编纂的画谱影响力都极大。这说明政治史一直在干扰着文化史，我们还没有独立的文化观点。我想这是我们将来在美术史、文化史上需要调整的态度，否则，无法看到真正的文化创造力。

当李煜写出"垂泪对宫娥"的时候，颠覆性有多么大，他等于是打了已经习惯于伪善的文学传统一个耳光。他就是不要"垂泪对家国"，这是他的私情。这在我们的生命当中是令人羞怯、令人难以启齿的部分，只有天真烂漫的李煜才能如此坦然地写出来。我一直很感动于王国维在《人间词话》中给予李煜新的定位，不然在整个文化传统中，我们甚至都会怀疑，到底应该把他放在一个什么样的位置。

王国维最喜欢讲境界，原来的"低俗文学"被提升为有境界的文学。李煜亡国之后，被软禁在北宋的宫廷之中，唱着这些歌，忽然对生命有了

第一章 李煜  011

不同的理解。例如这首《相见欢》（一作《乌夜啼》）。

相见欢

林花谢了春红，太匆匆。无奈朝来寒雨晚来风。 胭脂泪，留人醉，几时重？自是人生长恨水长东。

我们大概从中学时代就对这些句子非常熟悉，熟悉到已经觉得李煜不只是在写自己，更是在写生命从繁华到幻灭的状态。

"朝来寒雨""晚来风"，华贵的生命面临着巨大的外在坎坷。在不断的打击下，自己的生命应该如何去坚持？"胭脂泪，留人醉"，他还是如此深情眷恋。"胭脂泪"当然是讲女子，胭脂是红色的，红与泪形成了一个意象。"泪""醉""红""胭脂"，都是他喜欢用的字眼，基本上可以总结为从繁华转成幻灭的感觉。

"自是人生长恨水长东"，定都于金陵的朝代，对于长江东流去的感觉特别明显。"问君能有几多愁？恰似一江春水向东流"，这个意象在李煜的词中一直重复着，浩荡江水像汹涌的泪水。他晚年在北方做俘虏的时候，时常感叹时间的消逝，而在时间消逝当中，有一个意象是"故国"。金陵三面环江，他被抓到北方的东京之后，地理上对长江的怀念，其实是他的乡愁。

很多人认为《虞美人》是导致李煜失去性命的作品。一般人对于李煜这样"垂泪对宫娥"的人不会心存芥蒂，可是搞政治的人绝不会放过任何一个逼迫的机会。宋太宗读到这首词的时候非常生气，他觉得李煜还有故

○《相见欢》又名《秋夜月》《上西楼》《月上瓜州》《乌夜啼》等。词牌。本唐教坊曲名，双调，三十六字。上阕平韵，下阕两仄韵两平韵，亦有通篇押平韵。

国之思，就下令给李煜毒酒，把李煜毒死了。李煜的命运有一种错置，一个一点政治细胞都没有的人，却被放到最残酷的政治格局中。

虞美人○

春花秋月何时了？往事知多少。小楼昨夜又东风，故国不堪回首月明中。　雕栏玉砌应犹在，只是朱颜改。问君能有几多愁？恰似一江春水向东流。

"春花秋月何时了？"不过是对时间的感叹，日子还是一样过，春天花在开，秋天的月亮会圆，只是已经没有当年的雅兴骑着马踏着月光回家。"何时了"是一种无奈，生活在被俘虏、被侮辱的境况里面，春天的花开、秋天的月圆都已经变成令人悲哀的景象。"春花秋月何时了？往事知多少"，他的一生似乎就定格在"辞庙"以后的状态，他在北方的生活、余下的生命，都陷在对往事的回忆当中。

"小楼昨夜又东风"，可能失眠了，所以知道夜里东风吹得很急。这个"东风"也曾出现在李商隐的无题诗"东风无力百花残"里，东风将尽，春天即将结束，百花残败。这句词是说好像又一次经历了春天将要过完的哀伤感觉。"故国不堪回首月明中"，看着月亮，对自己过去的家国已经不敢回忆了。他的生命落差实在太大，从一个君王忽然降为俘虏，这使他觉得不堪回首。前半生作为君王，经历了富贵荣华，现在物质生活上虽然不见得有欠缺，但是作为俘虏的心情、亡国的心情，以及作为亡国之君在家国沦陷之后的罪恶感，让他内心不安。

○《虞美人》又名《一江春水》《玉壶冰》《巫山十二峰》《虞美人令》。词牌。本唐教坊曲名。双调，五十六或五十八字，以上下片仄韵转平韵为正体，亦有全押平韵或上片全押仄韵者。

第一章　李煜

"雕栏玉砌应犹在",王宫里雕饰得很美的栏杆,如玉砌成的台阶应该还在吧?"只是朱颜改",大概只有人改变了。这个"朱颜"讲的是谁?是李煜自己还是那些宫娥?我们不清楚,但总归是在描述美丽的容颜。他对于容颜的眷恋,是他对青春年华的眷恋,或者是对与他一起生活过的那些美丽的人的眷恋。我们在岁月中都经历着"只是朱颜改"的幻灭。"问君能有几多愁?恰似一江春水向东流",心里面的忧愁澎湃汹涌,像春天上涨的潮水,一波接一波。原本属于民间流行曲的通俗词汇,竟然被李煜拿来抒发对人生的感慨,这里产生很强的社会性与历史性。

如果没有李煜,后来的欧阳修、苏轼大概不会把词作为自己的文学形式。在李煜之前,词就是酒楼、歌楼里面歌伎们唱的艳曲,着重表现感官与艳情,不是被文人看重的文学形式。李煜变伶工之词为士大夫之词,让词进入了属于知识分子的境界。他一开始也有很多感官描写,例如《玉楼春》中对女子肌肤美的描述,甚至还有很多情欲的描述。待到亡国之后,他被抓到北方,才转而开始用自己熟悉的文学形式书写家国之思。

李煜也许不曾真正关心过文学,他喜欢的就是流行歌曲,但是有一天他用流行歌曲的形式,把自己亡国以后的心境放进去,力量就出来了。这是在他完全不自知的状况下发生的事情。当时的士大夫阶层普遍看不起词这种艺术形式,可是李煜用了,传唱出来让大家很感动。"问君能有几多愁?恰似一江春水向东流",可以讲亡国之君的愁,也可以讲我们在生命不如意时候的愁。大家被这个句子感动了,也因而扩大这个句子的意义。

有时候我们会感觉到一种宿命,好像是注定要让一个文人亡一次国,然后他才会写出分量那么重的句子。如果不是遭遇这么大的事件,李煜的生命情调不会从早期有点轻浮、有点淫乐的状况转到那么深沉。亡国突然让这个聪明绝顶的人领悟了繁华到幻灭的过程。所以我们读到《虞美人》,读到《浪淘沙》,读到他后期的作品时,不由得被带入了一种很不同的生命经验。

如果李煜没有经历亡国,说不定会继续写自己的靡靡之音,好像真的是以亡国换来了历史上的几首千古传唱。大概宋太祖都没想到,他抓来了一个人,会对本朝文学产生这么大的影响。继宋太祖之后的宋太宗,在政治上是特别阴狠的一个角色,刚好和李煜那种天真烂漫的人物形成对比,从中可以看到文学成就与政治成就的两极性。李煜哪怕有一点点,甚至万分之一类似宋太宗的心机,可能就写不出那样的词了。正由于他的一派天真,才不会想到"故国"两个字最后会给自己招来杀身之祸。

俗世文学自有其活泼与力量

通俗的意义就是回到世俗，
俗世文学自有它的一种活泼和力量

我们先来看李煜的《乌夜啼》（一作《相见欢》）。

乌夜啼○

无言独上西楼，月如钩。寂寞梧桐深院锁清秋。　剪不断，理还乱，是离愁。别是一般滋味在心头。

这些句子脍炙人口，像"无言独上西楼，月如钩"，如今好像已经变成了我们自己的感受。大家也会发现，李煜的文学成就其实来自民间，他早期并不是一个文人，反而是沉浸在流行歌曲里。"剪不断，理还乱"就是纠缠，是在做女红时对缠绕的线的感觉，针和线，这种表达很女性化，也非常类似流行歌曲里常有的感情。

我常常觉得，要了解李煜，恐怕要先了解他前半生在花天酒地当中与那些女性厮混的生活，也因此他才会有"剪不断，理还乱"的女性化感受。"别是一般滋味在心头"其实非常浅白，就是讲离别的哀愁，可是这个滋味又说不清楚是什么。

词的语言更接近民间，当然这与李煜了解民间最底层的文化有关，也许就是歌伎的文化。当时的士大夫阶层恐怕对这种东西不屑为之，可是

○《乌夜啼》又名《圣无忧》《锦堂春》。词牌。本唐教坊曲名。双调，有四十七、四十八、五十字等，平韵。见《词谱》六、《词律》五。

李煜的天真个性里有这个部分。在情感的传达上,词是比较倾向于和通俗文化接触在一起的。当文学创作在形式上越来越艰涩、越难突破,越来越和民间脱节的时候,通俗的意义就是回到世俗,俗世文学自有它的一种活泼和力量。

第一章 李 煜 017

有如流行歌曲

由于是流行歌曲，所以词有点调皮，
有点不按常理出牌

诗的创作者，即所谓的士大夫阶层，能不能关心民间的流行形式，而民间的人有没有机会去看一下士大夫在做什么，如何另辟一条新路，把通俗开创出新的经验——这就是我们谈五代词的变革时应该关注的，因为五代词刚好连接了这两方面。

由于是流行歌曲，所以词有点调皮，有点不按常理出牌。大家也许可以理解，为什么我们今天读到"林花谢了春红"这样的句子，会隐约感觉和唐诗不一样。"太匆匆"，时间这么快过去，就是很直接的民间感情。把这些东西变成现代流行歌曲非常容易，因为它们本来就是歌。《虞美人》《乌夜啼》都是词牌名，每一首词里都有音乐的调性。《乌夜啼》通常是比较悲哀的调子，就像我们今天用《雨夜花》的调子来填词，大概很难填成悲壮的感觉。《满江红》这首曲子，是壮大的感觉，是那种洪亮浑厚的声音的感觉。词牌代表的是一首词音乐的调性，词人只是按照音乐把词填进去。

非常遗憾的是，经过一千多年，大部分的词我们今天都不知道该怎么唱了。我只听过姜夔的《长亭怨慢》被整理出来，它还有古谱，但也不确定它是否完全是古谱。这是非常奇特的现象：文学留下来的东西比较稳定，音乐则非常容易流失。作为词来讲，它应该有一部分是音乐史关心的，有一部分是文学史关心的。可是音乐史的部分能够找到的可唱的已经非常少，而属于文学的大部分还在。我们今天读到的《虞美人》《乌夜啼》都是文学的部分，至于乐谱，我们已经遗失掉了。

对繁华的追忆

所有的恨、所有放不下来的心事，
都是因为梦里面他又回到了故国

　　李煜的《望江南》《望江梅》和《清平乐》这几首词，也有不同的音乐形式。它们都属于小令，比较短，可以反复唱。也有比较长的，像《长亭怨慢》，或者苏轼喜欢用的《水调歌头》《念奴娇》。李煜有很多小令，大概是在酒宴当中偶然唱的一些小调性的东西，本来也许是不登大雅之堂的、有一点调笑的艳词。他在亡国之后创作的词，会令人感觉到其中有很多对繁华的追忆。来看这首《望江南》。

望江南○

多少恨，昨夜梦魂中。还似旧时游上苑，车如流水马如龙。花月正春风。

　　"多少恨，昨夜梦魂中"，他又做梦了，每次在做梦的时候，他都会回到故国，所有的恨、所有放不下来的心事，都是因为梦里面他又回到了故国。"还似旧时游上苑"，在梦里还像旧时，还像没有亡国时那样，在自己的王宫里面游玩，"上苑"就是王宫的园林。"车如流水马如龙"是讲当时金陵城王宫的繁华和热闹。开始是"多少恨"，而结尾是"花月正

○《望江南》，词牌名。又名《江南好》《春去也》《忆江南》《望江楼》《梦江口》《梦江南》《望江梅》等。相传原名《谢秋娘》，唐代段安节《乐府杂录》谓此调系唐代李德裕为亡姬谢秋娘所作。后因白居易词有"能不忆江南"句改名。单调，二十七字；双调，五十四字。皆平韵。

春风",是过去的停格。有没有发现他好像有一点拒绝现在了?一开始是"现在",可是他不喜欢这个现在,所以倒叙回去,像一部电影的回顾。"多少恨"当然是因为现在做了俘虏,可是"昨夜梦魂中",他已经开始回忆,"还似旧时游上苑"是回到以前,回到"车如流水马如龙",然后"花月正春风",那个时候的花、月亮、春天的风都是最完美的状态。我一直觉得这首词是一个最有趣的倒叙的文体,就像我们在看影片的回放。

我们再看《望江梅》。

望江梅
闲梦远,南国正清秋。千里江山寒色远,芦花深处泊孤舟。笛在月明楼。

"闲梦远,南国正清秋",梦又出现了,他的梦一定会带出江南、南国,因为他已身在北方,不在江南了。那么在梦里想一想,江南应该已是清秋时节。"千里江山寒色远",一个曾经是君王的人,现在作为俘虏,提到"江山"两个字,大概也感触良深吧。在统治者的文化当中,江山一直代表政权,"千里江山"和前面我们看到的"三千里地山河"其实是同样的意思。"千里江山寒色远",当他回想起自己曾经掌管过的千里江山时,用了"寒",用了"远",是冷的,远的,繁华热闹已经全过去了。"芦花深处泊孤舟",秋天芦花都白了,苍茫的芦花中藏着一只孤独的小船。"笛在月明楼",可是月明的时候,好像还听得到在楼上吹奏的笛声。这又是他的梦境,他在很多早期的词里都写过,当时只要是月圆的晚上,金陵的王宫里全都在演奏音乐。

李煜是一个会玩的君王,"玩"变成了他后来对于繁华的长久回忆。这有点像法国文学家普鲁斯特(1871—1922)写的《追忆似水年华》。那样大的一部书,很少看到有人把它读完,大家会觉得怎么老在吃饭,老在那儿形容他们的衣服。但是李煜的回忆就是这些,这就是一个贵族的回忆,就像《红楼梦》里也老是在吃饭。在一个生命对繁华的回忆里面,往往就是吃喝玩乐,没有伟大的事情发生。

打破唐诗规矩

尽管顿挫的具体节奏我们今天不知道了，
可是仍能隐约在文字里感受到它的转折和堆叠

我们再看《清平乐》，这可能是大家比较熟悉的一首作品。

清平乐○

别来春半，触目愁肠断。砌下落梅如雪乱，拂了一身还满。　雁来音信无凭，路遥归梦难成。离恨恰如春草，更行更远还生。

"拂了一身还满"非常民间化，是流行歌曲式的句子，花瓣掉下来，掉了一身都是。在唐诗当中，我们看不到这种文字，这种句法。它不是诗的延续，而是词的创造。"拂了一身"，就是我们在身上拂一拂东西的感觉，它是非常白话的一个描绘。"拂了一身还满"，唐诗里面四三或二二三的规格被打破，可看出这里从"流行歌曲"中发展出一种新的语言形式。

"雁来音信无凭，路遥归梦难成。离恨恰如春草，更行更远还生。"照理讲，春天的时候大雁从南方回到北方，应该是要带信来的，因为这个时候李煜是俘虏，被关在北宋的都城里，当然不能跟外面通消息。但是雁来了，却没有信，他不知道故乡到底发生了什么事。"路遥归梦难

○《清平乐》又名《清平乐令》《醉东风》《忆萝月》等。词牌。本唐教坊曲名。双调，四十六字，上片四句四仄韵，下片四句三平韵，亦有全用仄韵。见《词谱》五、《词律》四。

成"，回家的路那么远，回家的梦难以达成，常失眠的他又常惊醒，这句话已经到了很绝望的状态。李煜越到后期，越希望可以一直活在自己的回忆当中，一直活在自己的梦当中。但因为那种憔悴、哀伤和被侮辱的心境，最后仿佛连做梦都有点难了。"离恨恰如春草"，这种离开故乡、离开故国的恨，这种心里的难过，就像春天的草一样，"更行更远还生"，走得越远，愁恨越是生长得茂密。

在这首《清平乐》中，我们看到十二组两个字的词或短语，即"雁来音信无凭，路遥归梦难成。离恨恰如春草，更行更远还生"，全部是堆叠，把自己的阻碍、困顿、一走一停的感觉全部书写出来，这个形式完全因为是歌曲才能够做到。如果当时《清平乐》可以唱，在唱的过程当中，这个地方一定会有顿挫。尽管顿挫的具体节奏我们今天不知道了，可是仍能隐约在文字里感受到它的转折和堆叠。

人间没个安排处

春天来了，这样一个青春年华的女孩子，大概她的一片芳心要有所寄托吧

《蝶恋花》是宋朝写词的人非常喜欢用的词牌，本名《鹊踏枝》，晏殊改为今名。蝴蝶那么依恋着花，变成了一个曲调的名字，非常漂亮。苏轼有一首非常有名的《蝶恋花》，下阕写道："墙里秋千墙外道。墙外行人，墙里佳人笑。笑渐不闻声渐悄，多情却被无情恼。"可以看出《蝶恋花》是比较俏皮、缠绵的调子，有一点恋歌的感觉。但李煜的这首词，却带有感怀春天逝去的情绪。

蝶恋花

遥夜亭皋闲信步。乍过清明，早觉伤春暮。数点雨声风约住，朦胧淡月云来去。桃李依依春暗度，谁在秋千，笑里低低语？一片芳心千万绪，人间没个安排处。

"遥夜亭皋闲信步"，夜晚一个人在水岸亭边散步。"乍过清明，早觉伤春暮"，暮春，刚刚过了清明，觉得春天快要结束了，有一点感伤。似乎春天过完，诗人的感伤情怀会特别深。"数点雨声风约住"，清明前后还有稀稀落落的雨，风也不大了。"朦胧淡月云来去"，月亮在弥漫的

○《蝶恋花》，本格原为唐教坊曲名，后用为词牌。双片六十字。全词同韵，仄韵，韵字可上声、可去声，古韵多入声。此词初名《鹊踏枝》，一作《雀踏枝》，北宋晏殊改为《蝶恋花》。

春雾里，有一种朦胧、缥缈感。这是一幅非常好的春天情景素描。

下面转到这首词的主题，也就是情感部分。"桃李依依春暗度"，桃花、李花都还处在开放季节，春天却已经悄悄地过去。"春暗度"是双关，一方面在讲春天，另一方面在讲男女之情。李煜早期的词作当中，有许多"偷情"的描述，"暗度"那种感情是他很着迷的。"谁在秋千，笑里低低语？"这两句就是《蝶恋花》的感觉，写女孩子在荡秋千，边笑边低声说着什么。"谁在秋千"，李煜没有讲是谁，就是一个美丽的女子，有很娇的笑声，可是不知道她在哪里。这样的描绘，用了《蝶恋花》的调子，带出一种情歌、恋歌的形式。

"一片芳心千万绪，人间没个安排处"，这里变成诗人替女孩去想。春天来了，这样一个青春年华的女孩子，大概她的一片芳心要有所寄托吧。"一片芳心千万绪"，有好多剪不断、理还乱的烦恼和思绪。"人间没个安排处"，在这个人间到底怎么去安排自己啊，好像有一点无奈，那种思绪万端的情绪，就是一个思春少女的情怀。

李煜对于整个文学形式的改变有巨大影响，敢于用俚语入歌。入歌以后，它也会慢慢变成古典。《蝶恋花》是一首古典杰作，可是在当时完全是民间的流行歌曲。

无奈夜长人不寐

我们经常看到他在漫漫长夜中失眠，
更显出夜深人静时的孤独

我们再看《长相思》。《长相思》也是一首小令，"令"是比较短的小调形式的东西。李白、杜甫的诗，有很多是歌行体，而歌行体是从乐府民歌的形式中发展出来的，比较接近我们讲的民谣，而"令"则较接近我们现在讲的流行歌曲。流行歌曲比较诉诸感官，像是现代商业文化里面的东西，是排行榜里的文化。

长相思○

一重山，两重山，山远天高烟水寒，相思枫叶丹。　菊花开，菊花残，塞雁高飞人未还，一帘风月闲。

"一重山，两重山，山远天高烟水寒"，这个思念隔着一重又一重的山和蒙蒙的雾气。小说家琼瑶用过很多古典元素和李煜的句子，尤其是她早期的《六个梦》《烟雨濛濛》《窗外》《一帘幽梦》等。李煜把伶工之词变为士大夫之词，可是在现代文学创作里，可能会把士大夫之词又还原到伶工之词，还原到通俗。"相思枫叶丹"，枫叶是红的，可是加上了一

○《长相思》，原为唐代教坊曲，后用为词调。《长相思》，又名《吴山青》《山渐青》《双红豆》《忆多娇》《相思令》《长相思令》《青山相送迎》等。双调，三十六字，上下片各四句，四平韵或三平韵一叠韵。宋人后演为《长相思慢》，双调，一百零三字（或一百零四字），平韵。

个人主观的"相思",好像是被想红的。现在的流行歌也会出现"枫红片片"之类的句子。

"菊花开,菊花残,塞雁高飞人未还,一帘风月闲",下半阕文人的气味比较多,尤其是"塞雁高飞人未还",比较像文人的调子。可是前面的"一重山,两重山""相思枫叶丹""菊花开,菊花残"都比较像流行歌曲。我希望大家能够以欣赏流行歌曲的心情,去体会李煜创作的渊源。

我们再看《捣练子令》。

捣练子令〇
深院静,小庭空,断续寒砧断续风。无奈夜长人不寐,数声和月到帘栊。

这首词的时间性不是很清楚,不知是在亡国前还是亡国后所写。但这里面的情感基本上还没有到亡国后那么沉重,有一点小小的感伤,不像"故国不堪回首月明中"那么沉重,而是非常简单的对生命情怀、小小事件的描述。"深院静,小庭空"会让我们想到李商隐的"微注小窗明",它不是对大的开阔意境的描绘,而是对一个生命角落的安排和处理。

"断续寒砧断续风",这个句子很像李商隐的,连用了两个"断续",不断传来的风、不断传来的女人夜晚捣衣的声音,这些都引发了"无奈夜长人不寐"。李煜大概是一位"失眠专家",我们经常看到他在漫漫长夜中失眠,"数声和月到帘栊",捣衣声伴随着月光,传入了帘栊之中,更显出夜深人静时的孤独。

〇《捣练子令》,词牌名,以咏捣练而得名,内容多写思妇怀念征人。一体单调,27字;另一体双调,38字,皆平韵。又名《深院月》。

《浪淘沙》：
李煜在美学上的极品

这里面凝结了他亡国后的情感，
以及由亡国情感扩大而成的对生命繁华
与幻灭之间的最高领悟

　　《浪淘沙》是李煜亡国以后很重要的一首作品，这里面凝结了他亡国后的情感，以及由亡国情感扩大而成的对生命繁华与幻灭之间的最高领悟。我认为这是他成就最高的一首作品，虽然民间一般以为李煜的代表作品是《虞美人》或《乌夜啼》。

浪淘沙〇

帘外雨潺潺，春意阑珊。罗衾不耐五更寒。梦里不知身是客，一晌贪欢。
独自莫凭栏，无限江山，别时容易见时难。流水落花春去也，天上人间。

　　《浪淘沙》是李煜在美学上的极品，因为它有很多象征，已经不再描述"故国不堪回首"，连"梦魂"都没有了，而是一个很奇特的梦的惊醒。之前我住在台湾东海大学的校园里，因为院子很大，都是树，春雨来的时候，夜里常常会忽然醒过来，因为雨淅淅沥沥的，就是"帘外雨潺潺"。这很像李商隐的"曾省惊眠闻雨过"。李煜在被抓到北方后某一

〇《浪淘沙》，词牌名，又名《浪淘沙令》《卖花声》《过龙门》等。原为小曲，单调二十八字，四句三平韵，亦即七言绝句。唐刘禹锡、白居易所作，皆专咏调名本意。南唐李煜始作《浪淘沙令》，盖因旧曲名，另创新声，双调五十四字，平韵。

春天的夜晚，听到住所的窗外一片雨声，忽然醒来。

"春意阑珊"，"阑珊"这两个字有衰落、萧瑟的意思，给人慵困、慵懒、延迟的感觉。"阑珊"是民间歌曲里特别是唐宋时代的流行歌曲里面喜欢用的，就是形容一种情感，这种情感有些拖沓，很缠绵、不干脆，好像没有办法一刀两断。例如"夜阑珊"，就是说夜晚好像老是过不完、漫长、牵连。"春意阑珊"，似不是讲春天，而是在讲他自己的心情，一种在春天时黏腻、不明朗、忧郁烦闷的心情。

"罗衾不耐五更寒"，人惊醒了，身上的罗衾很薄，挡不住黎明即将到来时的春寒。我想，李煜更大的感受是心里面的荒凉，而不只是肉体上的寒冷，真正"不耐"的是从梦里面惊醒，披着衣服发呆，听到雨声时心里的荒凉感。

这首词对于意境的处理非常迷人，特别是下面两句："梦里不知身是客，一晌贪欢。"我常常把这两句抽出来单独写成书法。什么叫"梦里不知身是客"？刚刚他在做梦，可是雨声起来以后，他被惊醒了，才发现做梦的时候不知道自己身在北方。他在梦里一定回到南方去了，所以以为自己仍在故国。这里非常苍凉。"一晌贪欢"，"一晌"是很短的时间，"贪欢"这两个字把年轻时吃喝玩乐、追求感官享受的情形都描绘出来了。

我一再强调，一个文人的诚实就体现在他的用字上。今天我们写文章用到"贪欢"两个字，大概都会稍微斟酌一下，因为它是非常感官化的。王国维在这样的作品里，看到了李煜最感人的地方，所以他会说李煜在最后其实是担负着释迦牟尼、基督的苦难的意义，也就是赎罪。我觉得这两句不仅仅是在写李煜，在人世间，我们只是"过客"，我们每一个人都是"梦里不知身是客"，可能是生死流浪的形式，或者处于谪居的状态。

李商隐说"上清沦谪得归迟"，在死亡发生以前，我们不太知道自

第一章　李煜

己是不是在一个大梦当中,可能仅仅是一种客居的形式。不少宗教哲学会说,我们有一个最后的归宿,只是不知道那个归宿在哪里,所以我们是在梦中。在梦醒之前,我们是一个客居的身体,这个身体有一天要到哪里去,我们其实不太知道。因此,"一晌贪欢"只是在梦中贪欢而已。这有一点像《红楼梦》里讲到繁华最后散尽时说的"树倒猢狲散",那些人在大观园中,情爱之深,贪欢之深,最后却是"食尽鸟投林"。

"梦里不知身是客,一晌贪欢"的宗教感和哲学感很强。我觉得它可以用来做任何一种生命形式的告白,让我感觉到自己的生命其实是在这样的状态,是不是应该这样执着。那些最深的感情,对母亲的眷恋,对自己最爱的人的眷恋,好像也不过是"一晌贪欢",因为我们知道后面会有什么在等着。我想李煜在写这首词的时候,心境已经完全沉淀下来了。他不仅仅是在怀念故国,也是在思考自己这一生到底在干什么。贪欢只是有一天要领悟"梦幻泡影"吧!

下面的"独自莫凭栏"是连接上面的情绪的,一个人靠在栏杆上眺望,其实有非常哀伤、孤独的感觉。"无限江山,别时容易见时难",我曾写过一篇散文叫作《别时容易》,"别时容易"也是张大千的一方印,《韩熙载夜宴图》上面就钤有这个印。《韩熙载夜宴图》画的正是李煜身为南唐国君时的故事。"别时容易见时难"非常直接,很容易令人联想到李商隐的"相见时难别亦难"。然而,"相见时难别亦难"是人与人的关系,"别时容易见时难"则是我们与自己生命的关系。无限江山似乎已经不再是讲国家了,其实是在讲我们自己的生命中所可能看到的一切。

这首词好像是李煜走到生命最后的时刻,所以感叹"无限江山,别时容易见时难"。"流水落花春去也",水在流,带走了所有凋零的花,春天也要结束了。他觉得自己的生命也可以消逝了。如果将这首词看作庙里的签,我想这应该是暗示他生命走向终点的签。历来对"天上人间"有很多不同的解释,很多人认为李煜的意思是过去在故国,像是在天上,过着花天酒地的日子,现在则是被打入人间受罪。我反而觉得"天上人间"其实是一个生命在面临最后的死亡状态时,忽然迷惑了:我以后到底会在哪里?我会在天上吗?我会在人间吗?我会是流水吗?还是落花?或春天?他对自己梦醒之后将要去哪里充满了迷惑。

我前面引用过李商隐的"曾省惊眠闻雨过",下一句是"不知迷路为花开",因为迷恋着绽放的花,跟着走去,最后找不到回家的路。李煜最后用"天上人间"来结尾,其中或许包含着可以扩大的内容。由于夜晚惊醒过来那一刹那的生命感伤,他忽然得到了生命里最后的谶语。

第二章

从五代词到宋词

蒋勋说宋词 上

从李煜到范仲淹

诗和词之间的界限

记录一个时代的文学，
往往不一定是我们所认定的文学形式，
有时它会是另一种形式

我们今天看到的《满江红》《虞美人》《相见欢》，并不是某一首词的题目，而是词牌，有点像西方讲的音乐的调性，它一定是有旋律的。所谓填词，就是词人拿到某一个词牌后，按照要求把文字放进去。

好比说，我们对《绿岛小夜曲》的旋律很熟悉，我们可以把文字抽掉，换另外的文字进去。当然换文字会有限制，因为必须按照音乐的节拍、长短来安排文字。所以，词在整个文学性上，更接近于与音乐合拍的过程。很多人以为词是长短句，相对自由，好像就比较容易写，可是事实上不一定如此，因为它的每一个字与音律之间必须联系得很好。它的上声、入声，或者它的关系位置、节奏，都必须是准确的，因此难度可能比诗还要高。这是词与诗在形式上非常大的不同。

我特别想跟大家谈词的音乐性。现今《雨夜花》《望春风》《补破网》等民谣，都类似于词牌的形式。例如《补破网》，它是一首比较哀伤的调子，描写渔民的辛苦生活，所以后来大家拿《补破网》填词的时候，基本上也会填进类似的情感。同样的道理，我们用《满江红》填词时，填的内容大多比较悲壮，很少人会用失恋的感觉去填《满江红》，大概讲情感的时候多会去填《蝶恋花》《相见欢》，因为它们比较接近《雨夜花》那种调子。

音乐本身的调性，有的慷慨激昂，有的比较婉约、比较哀愁，这就限制了一个词牌本身的发展。大部分人填《满江红》的词，大概都在写关于国破家亡,或者类似的悲壮内容,会比较严肃沉重。例如我们很熟悉的岳飞的《满江红》,就是在传达一种家国情怀。它比较类似于今天的军歌、进行曲,调性豪迈、悲壮。

北宋很多词人在他们的日常生活里是会唱词的。唐朝诗人也诵诗,可是不像词在宋朝,已经是生活里非常重要的一部分。苏轼曾问旁人:"我的词和柳永比起来怎么样?"对方答道:"柳永的词是十几岁的女孩子,手拿红牙板唱'今宵酒醒何处?杨柳岸,晓风残月',而如果是东坡的词,就要关西大汉执铁绰板唱'大江东去'。"这里面明白说出了词本身是有很强的音律性的,不仅如此,它也包括了歌手的表达。

今天我们谈北宋词的时候,已经抽离了它的音律性。我们不了解北宋词以歌唱形式流传的情况,也可能会因此丧失了对北宋词比较全面的认识。这也是为什么我很希望大家了解词的出身,可能真的是流行歌曲。我们常常会忽略一件事,就是记录一个时代的文学,往往不一定是我们所认定的文学形式,有时它会是另一种形式。

我们今天已经不知道旋律的所有北宋词,在当时其实都是能拿来入乐歌唱的。想象一下,如果词是在弹着琵琶或者其他乐器伴奏的状态下唱出来的,像"大江东去,浪淘尽",透过听觉上的接触,感受一定会非常不一样。

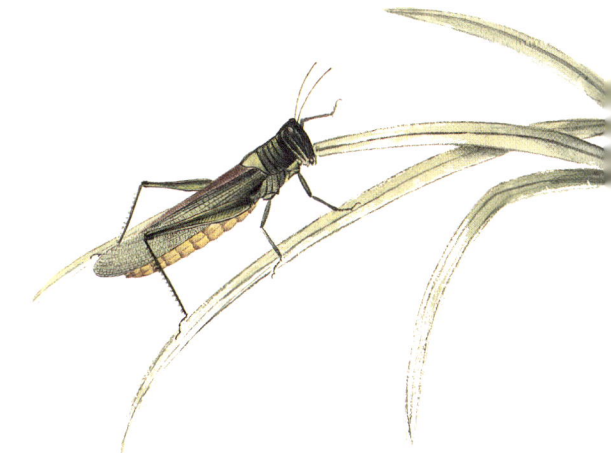

词长于抒情

宋朝的词都在讲某一种特定的情感，
词较长于抒情，较少着力于叙事

    词与诗还有一个很大的不同，即词是高度口语化的形式，尤其是在北宋。北宋是词的发展期，这时期的词保留了民间歌谣的形式，因而它非常口语化。读唐诗时，我们可能常常要查询蕴含在诗中的典故，可是大部分宋词就不那么需要。

    词更讲究唱的过程，它的每一个句子往往是相对独立的，也就是上下两个句子间的关系没有那么密切的必然性。因为歌曲本身有旋律，所以我们听一个段落中的某一句时，这一句有它自身情绪的发展，因为它自身文字的独立性非常高。许多宋词往往是由片段的句子组成，这些片段的句子并不见得在整首词里发生必然的互动。

    我们在讲唐诗时，介绍过白居易的《长恨歌》和《琵琶行》，他可以在百句当中，发展出一首叙事长诗，从"汉皇重色思倾国，御宇多年求不得"开始，铺叙一个故事，讲一个女孩子的成长。"杨家有女初长成，养在深闺人未识"，一路下来，有一个长故事在贯穿这首诗。而宋词，几乎没有叙事的意义。像《长恨歌》这种以这么长的文字去描述一个故事的情况，在词当中慢慢消失了。

    宋朝的词都在讲某一种特定的情感，词较长于抒情，较少着力于叙事。但词以后能否发展出叙事的可能性？可能。例如，有一天我们把《望春风》《雨夜花》《补破网》等全部编在一起，一直编到《绿岛小夜曲》，或许就能编出一个台湾发展的故事。词也是这样，它们可以组成戏剧的形式，有一点像歌剧，可是每一首歌本身还是短的。

第二章　从五代词到宋词　　039

词是视觉性非常高的文学形式

词是在宋朝文化的基础上，
将汉语格律的美做了一次最大的集合

诗的文学形式产生质变，词就兴盛起来，这其实是因为诗后来发展成太过文人化的专业艺术。中唐以后，像杜牧、李商隐、李贺的诗，用字用句越来越繁复，隐喻越来越多，越来越难读懂。当一种文学形式繁复到专业性那么高的时候，它可能达到巅峰，可是同时也会是下坡的开始。这个时候，它就会下到民间。唐朝比较有创作力的诗人，大概已经意识到诗必须要转换成另外一种形式了。

李白在很早之前作了一首《忆秦娥》，我们来看这首《忆秦娥》。

忆秦娥❶

箫声咽，秦娥梦断秦楼月。秦楼月，年年柳色，灞陵伤别。　乐游原上清秋节，咸阳古道音尘绝。音尘绝，西风残照，汉家陵阙。

李白喜欢在酒楼与这些民间的歌谣形式产生互动，也利用它的曲调，放进自己的内容。

词是在宋朝文化的基础上，将汉语格律的美做了一次最大的集合，可是它的准备工作是在唐朝。李白这首《忆秦娥》，对于词的创造性意义非

---

❶《忆秦娥》，词牌名，双调，四十六字，共有平韵、仄韵两体，相传李白首制此词，因词中有"秦娥梦断秦楼月"之句而得名，又作《秦楼月》《双荷叶》《碧云深》等。

凡。李白是在创作上爱"玩"的人，他对形式的创造常常会有比较另类的做法。李白的佯狂，让我们看到这首词传达出他特有的豪迈气魄，同时也有很多婉转的地方。

我希望大家特别注意到叠句的大量出现，如"……秦娥梦断秦楼月。秦楼月……"，"秦楼月"两次出现，这是歌词里常用的形式。所有的歌词，因为以听觉为诉求，需要反复和婉转。而视觉的东西则常常要避免重复，我们小时候写作文，老师会要求同一页尽量避免重复的词汇或者字句，这就是一种视觉文学的规则，与听觉刚好相反。又如《雨夜花》或者《望春风》，都有调性和文字的重复，这种重复性便于大家记忆，便于跟上节奏。"词"比"诗"更为听觉性。

凡是与音乐、音律配合得比较密切的文字，都会形成"婉转"。所谓"婉转"，其实就是对感情进行反复的讨论。在《忆秦娥》中，我们读到"秦娥梦断秦楼月"的时候，其实没有想到后面会出现"年年柳色，灞陵伤别"，这就是我们刚才所说的词的句子独立性比较高。各位有没有感觉到，这首词把某些句子抽出来，只有几个字，就可以单独成为一个画面。我在年少的时候读这首词，最喜欢的画面是"西风残照，汉家陵阙"这八个字，王国维也讲这八个字道尽边关的气魄，他认为唐以后没有人再写得出这样的画面：站在落日的残照当中，秋天的风吹起来，一旁是几百年前的帝陵。

前面曾提到，词很大的特征是它不再叙事了，经过诗的叙事过程以后，词把情感直接抓出来变成了画面。我觉得词的音乐性和视觉性都非常高。诗的叙事传统中有一个理性规则，它必须从"汉皇重色思倾国"开始，一直到最后，要有一个编织的结构。可是歌曲的结构常常不那么严谨，可以跳跃。例如，在《雨夜花》中，可能一下让我们看屋檐上的水在滴，一下让我们看掉在土里的花萎落的样子。它的视觉是转移的，有点像

我们今天的电影镜头,自由度非常高。

一位文学史家有个很有趣的描述:宋词像一种织锦,把很多不同颜色的线编织在一起,而唐诗像是单一的线的串联。用编织、彩绘去形容词,我想是因为它常常会有各种不同的视觉效果和感官效果显露出来。我们可以在李白的"箫声咽,秦娥梦断秦楼月。秦楼月,年年柳色,灞陵伤别"当中,感觉到音调的婉转,转成心事,同时也感觉到它具备了释放出文学独立个性的可能。

"乐游原上清秋节"是一个独立的意象,和后面的"咸阳古道音尘绝"可以相关,也可以不相关。相关是靠曲调来相关,而不是靠文学本身的意象,它们其实是独立的意象。词在某种意义上更接近现代诗,因为它非常讲究意象。

结尾的"西风残照,汉家陵阙"完全是意象,八个字当中,诗人没有讲他的感情,没有讲他快乐或不快乐,他用的全部是名词——"西风""残照""陵阙",可是为什么它们会组合出一种感觉?这就是我们所说的"意象"。意象并不会直接表示"我觉得好悲壮",可是这八个字却形成了悲壮的感觉,是一种肃杀,一种时间的沧桑之感。用这八个字完整地表达复杂的感觉,这是文学上的高手。

从风花雪月到《花间集》

它不是对一个特殊经验的执着，
而是一个特殊经验被记忆以后，
在生命的时间和空间里的扩大意义

有一类创作者会很直接地传达自己的情感，另一类创作者会把情感融化为一个意象，而意象的可传达性和耐久性有时候更强。大家非常熟悉的《天净沙·秋思》，"枯藤老树昏鸦，小桥流水人家，古道西风瘦马……"，一连九个意象，完全没有讲作者在做什么，而是以电影拍摄中蒙太奇的手法，形成一个纪录片的效果。

诗的情感传达有时候是非常直接的，可是词必须转成很多意象化的东西。造成这种转变的关键时期是在五代十国，虽然李白、白居易都是唐朝诗人中写词、填词比较多的，像白居易的《忆江南》等大概也比较接近民间的歌谣，可是一般说来，唐诗的叙事传统还是超过抒情传统。到晚唐时，从民间歌曲中，慢慢开始了一个新的文学运动。

这个文学运动也可以说是由某一些看起来"不务正业"的文人发起的。当创作者太正统的时候，往往会变成学者。我们可以想象，唐朝后期，如果有所谓的中文系的话，大家都在那儿学李白、杜甫的诗怎么写，这时有一个逃课的学生，逃到卡拉OK歌厅去唱歌，这个人大概就是词最早的创作者。我的意思是，文学形式一旦僵化，就会有一些另类的人开始"逃课"。"逃课"的意思是说他必须回到生活里，去寻找文学新的可能性。而那个时候他们的方式是接近歌伎，接近民间歌手，从伶工、乐手那里找到新的灵感，这是词非常重要的来源。创作是需要"逃课"的。

正是由于词的开始与流行歌曲靠得太近，所以最初文人对它的评价不高，因为大家觉得它永远在写一些风花雪月。历史上最早写词的那些诗人，作品的内容大多也的确是比较风花雪月的。有一部非常重要的晚唐、五代词总集叫作《花间集》，这也是最早的文人词集。五代十国的时候，文化程度最高的国家是定都成都的后蜀和定都金陵的南唐，这两个国家对词的发展都有非常大的影响。南唐的两个君王——李中主和李后主，即李璟和李煜，最早把词发展到了士大夫格调的程度。

四川一直是中国非常富有的地方，从三星堆文化看下来，就可以发现，当地有相对独立的文化形态。当中原力量不强的时候，蜀常常扮演很重要的文化创造者的角色。五代的时候，蜀地出了非常好的画家和文学家。后蜀赵崇祚编了一个集子，收录了晚唐、五代十八家文学创作者的词作，取名《花间集》。《花间集》是了解五代词进入北宋词的一个非常重要的关键作品，其中包括几个重要的创作者，像温庭筠、韦庄、牛峤等。

《花间集》中常常被引用的句子，和我们今天的流行歌曲的内涵是非常相似的。例如，描写情爱的内容，说两个人要分别了，却依依不舍，频频回首，"语已多，情未了，回首犹重道：'记得绿罗裙，处处怜芳草。'"（出自牛希济《生查子》）。"绿罗裙"是女孩子穿的绿色裙子，要对方记得这样一种绿色，以后走到天涯海角，看到所有草的颜色，都会爱怜那草，因为爱是可以扩大的，会从绿罗裙扩大为"处处怜芳草"。这两句也是朱光潜在他的美学作品里引用过的句子。

文学和艺术上的美，其实是一种扩大的经验，我们不太知道在生命的哪个时候，会因为一种什么样的特殊体验而使情感扩大。也许对其他人来讲，草的绿色是没有意义的，可是对这个词人来说，草的绿色是他曾经爱恋的女子的裙子的绿色，所以他会"记得绿罗裙，处处怜芳草"。朱光潜认为美学的扩大意义其实也在这里。这种现象很有趣，它不是对一个特殊经验的执着，而是一个特殊经验被记忆以后，在生命的时间和空间里的扩大意义。

第二章　从五代词到宋词 045

"自恋"的美学经验

五代是中国美学"自恋"的开始，
是一种非常精细的、有一点沉溺的经验

唐朝是一个向外征服的时代，它的一切感官都很蓬勃，精力非常旺盛，像李白就是具有这种时代特征的典型创作者。但在向外的征服中，常常会忽略向内的缠绵。五代时，天下大乱，后蜀和南唐稳定富有，于是人们对于很细腻的情感产生了一种眷恋。我认为五代是中国美学"自恋"的开始，这个"自恋"没有任何褒贬的意思，只是说原来唐诗是向外的观察，譬如"大漠孤烟直，长河落日圆"，而现在转回来变成"记得绿罗裙，处处怜芳草"，是一种非常精细的、有一点沉溺的经验。

诗和词会令人产生很不同的美学经验：诗的经验是比较外放的，而词是比较内省的。我们很难在唐诗，尤其是盛唐诗人的作品中看到"记得绿罗裙，处处怜芳草"这样缠绵、有一点颓废的体验。类似"语已多，情未了"的句子，会在北宋词中大量出现，因为它集成了南唐和后蜀词作的经验，北宋最早的画家和词人主要来自这两个地方。

冯延巳与南唐的李中主、李后主生活在同一个时期，他们常常一起吃饭喝酒，一起唱歌（这里用"唱歌"来代替所谓的填词）。例如，他们某天决定唱《鹊踏枝》的曲调，当场写好后立刻交给乐工演奏，然后由歌手唱出来。

众人在一起填词、唱歌，有时可能会有一点搞混。某一首词，有人说这一句是冯延巳的，有人说这一句是李煜的，为什么会产生这种现象？就因为当初在歌词的创作过程中，没有在意所谓绝对的个人创作，大家是在一个共同的音乐环境里玩。在填词的时候，有人说这一句如果改成另外一句会不会更好,大家觉得是这样,于是就改了,所以那一句可能是别人的句子。这种填词的方法,就有一点集体创作的性质。在晏殊、欧阳修、冯延巳等人的作品中都出现过这种现象,就是我们可能在别的文学史书中发现这一首词不是冯延巳的,而是另外一个人的。

下面选了两首冯延巳的《鹊踏枝》的词,希望大家感受和印证一下词的"自恋"形式。在希腊文化里也许有所谓自恋传统的美学讨论,可是在我们的文学和美学形式当中,过去很少有人谈论这样的字眼。在读这两首作品时,各位可判断一下所谓的自恋、沉溺,甚至是一点点颓废,它们的意义是什么。

以一枚雪片的姿态体会宇宙自然

能够感受到春天花朵绽放的人，
必然要在某些时候体会到花朵凋零的哀伤

冯延巳的词非常简单，几乎没有什么典故，我们先看第一首《鹊踏枝》（一作：蝶恋花），去体会一下五代词最早的精神导向。

鹊踏枝

谁道闲情抛弃久？每到春来，惆怅还依旧。日日花前常病酒，不辞镜里朱颜瘦。　河畔青芜堤上柳，为问新愁，何事年年有？独立小桥风满袖，平林新月人归后。

五代十国的时候，整个文化中心渐渐从北方转到南方，有着几百年都城史的长安日益没落。继起的北宋不再定都长安，而是选择了东京（今河南开封）。文化中心的南移使得原有的北方塞外的文学景象慢慢转成南方的文学景象，而这种景象常常发生在春雨连绵的初春时节，它会对人的心境产生影响，我称之为一种"生态美学"。

大家应该还记得李煜的句子："帘外雨潺潺，春意阑珊。罗衾不耐五更寒。梦里不知身是客，一晌贪欢。"这样的句子和冯延巳词的意境高度契合。为什么会"每到春来，惆怅还依旧"？因为每到这个季节，春雨

○《鹊踏枝》，曲牌名，南北曲都有，字句格律均与词牌不同，彼此也不相同。北曲常用于套曲中《那吒令》曲牌之后。南曲又名《满园春》，用作过曲。

连绵,花慢慢在萌芽,人也感觉到自己生命内在非常复杂的心情,好像是眷恋,又好像是颓废。我们没有办法解释这惆怅是什么,它不必伴随事件,这与《长恨歌》的情绪必须有事件来引导是不一样的。词将事件抽离,我们无法追问为什么会惆怅。

此外,由于经济的繁荣和政治的安定,人会回到自身的生命里面去进行反省和沉淀,有时会构成生命里更大的内在感伤。所谓的惆怅又叫"闲愁"或者"闲情","谁道闲情抛弃久",闲情是一种说不出来是什么的情。如果一个人致力于外在的追求,致力于向外征服,反而不会有这种内在的感伤。但到了五代十国,我们从南唐词里,从冯延巳的词里,非常明显地看到"惆怅""闲情"这类字眼大量出现。

"日日花前常病酒",在春雨连绵的季节,当花一簇一簇开放的时候,他每一天的日子就是生着病在花前不断喝酒。这完全是五代词的状态,不再是"西风残照,汉家陵阙"。到五代的时候,词有一种内收的形式出来,"内收"是因为感觉到向外的征服完成了之后,没有办法解决心中本质的生命的落寞,它更倾向于哲学性或者宗教性的内省。

在汉语当中,"颓废"不是一个正面的词,我们说一个人很颓废,绝对不是赞美的意思。可是在西方的文化当中,颓废有特殊的美学上的意义:经过巨大的繁华之后,人开始转向对于繁华的内在幻灭的感受,这叫作"颓废"。十九世纪末的颓废主义在西方美学中占据了非常重要的位置,他们在巨大的繁华之后,开始反省繁华的意义何在。好比说一个家族里,第一代打拼,第二代守成,大概到第三代会开始反省自己的意义何在,会出现对生命本质的幻灭感,会生出对于财富、权力追逐的某一种沉静下来的力量。我们刚才提到的韦庄、冯延巳都是皇帝身边的贵族,在现实生活里,这些人向外的征服已经没有任何缺憾了,这个时候,心灵上的空虚感、缺憾感会成为他们创作的源流。

我们不必表示喜欢不喜欢这样的美学。文学仍有未被开发的部分，那就是内心某一种"颓废"的经验，那是指从西方所谓的"颓废"字面翻译过来的内心经验的反省。它和我们汉语里讲的颓废不太一样，"日日花前常病酒"其实是一个非常清晰的画面，这个"病"可能是在讲身体的病，也可能是在讲心里没有被治愈的创痛或无力感。

南唐是五代十国中富有的国家，可是面对北方日益强大的宋，它渐渐感到了无望。李煜后来被宋军俘虏到北方，他所写的"四十年来家国，三千里地山河"，把南唐词当中的"颓废经验"一下子总结出来了：在政治安定和经济繁荣之外，还有不可知的宿命感以及对不可知的无力感。北方强敌压境，南唐不知道要怎么办，不知道要怎样与北方相处，在这样的状况下，南唐词在文学形式上的"颓废"也就不是毫无根据了。"日日花前常病酒"就是当时南唐文人的写照。

《韩熙载夜宴图》中的韩熙载也是"日日花前常病酒"。他是朝廷的重臣，但他会把领来的官俸花到各个妓院去，没有钱的时候，就化装成乞丐，到妓院去讨饭。这种形式就是"颓废"，是感觉到生命的某种无助和无处倾诉。我希望大家透过这个背景去理解冯延巳。

北宋是南唐的强敌，宋军打到金陵，抓走李煜的时候，给人一种弱势政权被收拾的感觉。可是不要忘记，宋开国时本身也是弱势的，它的北方有更强大的辽。宋后来为什么接受了南唐文学的"颓废经验"？因为宋本身也有政治的压迫感。宋和唐开边的经验是非常不一样的。唐朝开国的时候不断开边，在唐太宗时期有几十个国家向他朝贡，可是宋朝统一过程中的开边却在对抗辽的战争中受挫。经验的不同使得文人、士大夫去追求另外一种美学，即生命里的"颓废感"，这其实是我们所有人进入五代词和北宋词的最大挑战。

很多人认为"日日花前常病酒"与晚唐李商隐的诗有关，可是我觉得不是。李商隐的"春蚕到死丝方尽"表现出一种极大的热情,而在"日日花前常病酒"中,热情开始冷淡下来了。五代词的内里常常是炙热的火烧过以后冷灰的感觉。"日日花前常病酒"就是那冷灰,它把热烈的情感拿走了。

大家可以再做一点比较。一个诗人写出"春蚕到死丝方尽",说明他还是有热情的,他要把自己包裹起来,不断地去吐丝;"蜡炬成灰泪始干",说明他还要去追求,哪怕不断地流泪,为生命流泪。可是到"日日花前常病酒"的时候,大概就真的是心已成灰了。

我所谓的"南朝"不仅是说一个朝代、一个国家的地理位置,更关乎它的文学传统和美术传统,那些没有定都在北方的朝代,怀有独自把经济繁荣稳定下来的自我期望,可是无力感又那么深。对"南朝"的这种认识,慢慢引导我进入五代词和北宋词,我忽然发现这可能更贴近我自己的生命体验。如果我刻意要去营造一个"西风残照,汉家陵阙"的景象,其实有一点作假,因为根本没有汉家陵阙在身边了。

美学是不能勉强的,它必然跟随个人所处时代的真实经验去阐述。孤独、落寞、惆怅、茫然、迷失……这些其实在五代词中浸透得非常深,给后来的文学提供了重要的经验。海明威(1899—1961)等人被称为"迷惘的一代",他们的作品写出了人在巨大的信仰崩溃之后,寻找自我的过程中出现的迷惘感。这有点像宋朝词人秦观写的"月迷津渡",月光朦朦胧胧,渡头都看不到了,"迷"成为一种非常特殊的状态,从五代到北宋都带着这种迷失。

我希望冯延巳能够成为大家了解五代词的一个入口。透过他的作品,大家可以感受到文人的形貌所发生的变化:这么消瘦,这么"颓废",这么"自恋"。"不辞镜里朱颜瘦",一个男性诗人不断地看着镜子里自己容貌的消瘦和衰老。在镜子里对自己凝视,深深地沉溺在里

五代·顾闳中《韩熙载夜宴图》(局部)

第二章 从五代词到宋词 053

面,他不只是在看,同时还有一点沉醉。"日日花前常病酒"是对生活形态的描述,"不辞镜里朱颜瘦"是对镜子里自己容貌长久的凝视,两个句子都可解释所谓的"颓废"和"自恋"。

韩波(1854—1891)的诗里有很多这种东西,可是远不如冯延巳。我常常想跟法国朋友说,要讲"颓废经验",我们比你们还早得很呢。这种在南唐被创造出来的"颓废经验"非常奇特,可是奇怪的是,西方十九世纪末的所谓"世纪末风"(颓废主义),至今还时常在艺术上被讨论,可是我们的南唐经验却还在被回避……

宋朝这样一个积弱的朝代,在辽、西夏、金诸强敌面前,前后存在了三百年左右,并且留下了让所有人佩服的文化。我们说唐是"大唐"、而宋不过是一个积弱不振的朝代时,其实是把政治作为考量朝代的唯一指标,而忽略了宋朝曾做出全世界工艺水平数一数二的东西——陶瓷、丝绸、印刷……我们经常注意谁在政治上强势,却很少歌颂文化上的强势。我认为,在读历史的过程中,转换一下角度,会发现每个朝代都有不同的贡献与特征。

再来看"不辞镜里朱颜瘦",作者对镜子里自己的凝视,有没有另外一层意义呢?它不是一种向外扩张、征服的愿望,而是对生命存在价值的内在反省。向外扩张和内在反省,为什么不能兼容并蓄呢?为什么要提升文化就要不断地去征服呢?我们歌颂唐朝,是因为唐朝国势的强大。当然唐朝还有李白,但是我们也可以说,北宋出现的柳永和苏轼等人,有另外一种生命的豁达和从容。宋朝以前,汉族很长时间都站在有优势的位置,可是这个时候它受伤了。我觉得一个民族的受伤经验不见得不好,如果没有受过伤,大概很难理解曾经被我们欺负过、伤害过的其他民族的感受。当自己弱势了,才会知道伤害别人是应该反省的。宋朝是一个很特殊的朝代,它开始有了内省的经验,政治上的受伤使它开始反省多重的关系。

后面我们会讲到范仲淹。范仲淹是镇守陕西、对抗西夏的军事家,同时他又是那么好的词人。范仲淹担任过陕西经略安抚副使,相当于今天的边防司令,但是他可以写出"碧云天,黄叶地,秋色连波,波上寒烟翠"这样的句子。

宋朝某一种柔和性的东西,可能值得我们重新去思考。经过唐之后,汉族与周边民族之间究竟建立起了什么样的关系?其实唐朝从来没有以平等的态度对待过它的周边民族,所以我们看到《步辇图》里,那个来到长安城晋见天可汗李世民的吐蕃大臣,被阎立本画成那么卑微的样子。在这样的背景下,宋的受伤使它重新去思考怎样与周边民族建立平等的关系。而这样的经验对汉族来说是陌生的,因为汉族过去一直处于"天下之中"的自我认识中,称周边少数民族为"四夷",没有把他们放在对等的位置上。

生命是一个非常漫长的过程,能够感受到春天花朵绽放的人,必然要在某些时候体会到花朵凋零的哀伤。只看到春天的灿烂,而不能看到秋天的肃杀和萧条,那他的生命经验也是不圆满的。

如果我们太眷恋唐,眷恋它开国的气度与豪迈,眷恋那种旺盛的向外征服的生命力,那大概没有办法忍受宋的安静,体会那种收回来的内省力量。向内的征服所要花费的功夫恐怕比向外的征服还要大。向外的征服可能是养兵千日,去征伐敌人,可是向内的征服是自己静下来去做内在呼吸

○天可汗,北方游牧部落对唐太宗李世民的称呼,是唐朝"贞观之治"的重要体现之一。《资治通鉴·唐太宗贞观四年三月》:"四夷君长诣阙请上为'天可汗'。"

的调整。北宋词有更多个人的体验突显出来，而这一点在五代时已初露端倪，"词"开始有了凝视镜子中的自己的心情。

《鹊踏枝》的下阕有如册页画，画面感很强。"河畔青芜堤上柳"，河岸上草色青青，堤上绿柳拂动。"为问新愁，何事年年有？"大家已经注意到，一进入五代，闲情、惆怅、新愁，种种内在不可排解的落寞之感，全都浮现出来了。

当然唐朝也有，但它会被更大的声音所掩盖。李白有很大的愁，可是会"与尔同销万古愁"，他在喝酒和歌唱的时候把它挥霍掉了，而不把它作为镜子里的凝视对象。五代词人不是这样，他们在极大的孤独里去凝视这种愁。其实我们在读"花间一壶酒，独酌无相亲"时看到了李白的愁，可是他很快就"举杯邀明月，对影成三人"了。他有自己的排解之道，可以立刻把心里面的愁闷扩大为对宇宙的体验，使其消解。

我们在白居易《琵琶行》里看到的"同是天涯沦落人，相逢何必曾相识"，那也是愁，但是他可以让"愁"在自己和另外一个人之间产生对话关系。唐朝的"愁"是不太会被封闭到个人化的、绝对孤独的体验当中去的。可是我们看冯延巳或者李煜的作品，总是晚上一个人睡不着觉，在绝对的孤独当中和自己进行对话。它失去了对话的对象，几乎变成一种深层的独白。

对于惆怅、闲情、新愁，或者所谓文人的风花雪月，如果从负面的角度来说，它可能是"颓废"；可是如果从正面来讲，生命中的忧愁是一种本质上无法排解的内容。生命最后的虚无性是存在的，对一个敏感的人来说，新愁是一定会跟随着他的，因为他会看到所有生命的周期——柳树会发芽，也会枯死，水边的草也会有生死，其他生命也是如此。当他看到生命的流转，他便开始"为问新愁，何事年年有"？他将愁当成了一个对象，问它为什么每年都来。

下面两句是我前面提到的最能够入画的那种画面:"独立小桥风满袖,平林新月人归后。"前一句就像后来宋徽宗拿来考画家的诗题。我们大概都有过类似的经验,在某一个傍晚,有风,自己一个人站在空旷的地方,衣服被风吹起。"独立小桥风满袖"其实是个人存在的状态,这种状态是一种饱满,也是一种孤独。饱满和孤独看起来是两种无法并存的生命状态,此刻却同时存在,大概在我们拥有最大的生命喜悦的同时,一定有最大的生命感伤。"独立小桥风满袖"是一个意象,它没有直接描写喜悦或忧伤,但是我们能感受到它所传达的是双重感情。大家可以回想一下自己在生活中类似于"独立小桥风满袖"的体验。例如,在爬山时,感觉到衣服的每一个隙缝里都有风,而且风在和我们的身体对话,这个时候好像才意识到自己是存在的,作为一个生命个体,既感受到了喜悦,同时又有感伤,因为我们知道它会消逝。"平林新月人归后"也是一个意象。一片树林上面,一弯像眉毛的月亮,人已经回去了。注意是"人归后",此时只剩下一个空空的画面。

这有点像欧阳修讲的"平芜近处是春山,行人更在春山外"的感觉。宋以后的画作中经常看不到人,因为镜头拉远,人远离了,变小了。"平林新月人归后"虽然是五代时的句子,但也是让人变小的风景,而在唐朝很少有机会看到无人的风景,或者不从人的角度去看的风景。从人的角度看到的风景都是征服的,不从人的角度看的风景,才是所谓"万物静观皆自得",它促使我们以一朵花或者一枚雪片的姿态去体会宇宙自然,成为大自然的一部分。

文人的从容

人有一部分是社会性的，有一部分则是非常私密的，当私情的部分被满足的时候，一个人就圆满了

宋朝的文人慢慢接受了来自南唐和后蜀的文化美学气质。在一个相对独立、不受干扰的环境里，四川和江南这种富有的地方发展出高质量的文化，虽然在军事战争中失败了，却提供了孕育文化的温床，令后来的政权有机会学习。宋朝在宋真宗、宋仁宗主政时，进入了文化水平最高的时期。

唐朝的李白没有"科举人"的身份，也没有正统的资历，是因为诗写得好而供奉翰林的，身份有点类似皇室的"御用文人"。我认为宋朝的科举制度是所有朝代里最上轨道的。国家考试能把当时的精英全部选拔出来是非常不容易的事情，而范仲淹、欧阳修、司马光、王安石、苏轼等人，全部是通过科举出来的。

宋朝科举有一个很严格的系统，由非常好的文人主管，例如，苏轼考试那一年的主考官就是欧阳修。他们的品格、品位之高，形成了历史上最高的文人风范，在文人政治的背后产生一种个人的从容。中国历史上很少有一个朝代的文人可以在政治上没有恐惧感，可是宋朝的文人相对有很大的自信和安全感。因为宋朝有所谓的"太祖誓碑〇"，继位的皇帝都必须

〇相传宋太祖立于太庙约束子孙的碑石。据《避暑漫抄》记载，太祖在建隆三年（962）曾密镌一碑，立于太庙寝殿之夹室，谓之"誓碑"。并规定：唯太庙祭祀及新天子即位，方可启封，恭读誓词。此碑上有誓词三行：一云柴氏子孙，有罪不得加刑，纵犯谋逆，止于狱中赐尽，不得市曹刑戮，亦不得连坐支属；一云不得杀士大夫及上书言事人；一云子孙有渝此誓者，天必殛之。

遵守，其中一点就是"不得杀士大夫"。

在这样的环境里，知识分子的人格得到尊重，宋朝出现了中国文化中非常优秀的一批知识分子。关于"尊重"这一点，甚至近代都未必做得到，文人有时候会在政治里被利用一下，可是未必真正能够成为对国家政策、对各方面进步最重要的决策者。在历史上，知识分子常常处于战战兢兢的状态中，要么卑微，要么悲壮，能够有宋朝知识分子那么坦荡的情怀的是少数。像王安石与苏轼，在朝堂上可以有那么多不同的意见争论，在朝堂之外却可以写诗唱和，我想这能够帮助我们体会北宋词的从容。

如果说哪个朝代的皇帝有非常强的文人气质，大概也就是宋朝，从宋真宗、宋仁宗之后，到宋神宗、宋徽宗，都像文人。有一年，宋徽宗的画像被借到法国展览，整个香榭丽舍大道两侧挂满了穿着红衣服坐在位子上的宋徽宗画像，法国人都为之风靡。宋朝有好几个皇帝都写得一手好字，作得一手好诗，画得一手好画，这是皇室教育的成功，而这种成功是因为当时一批杰出的文人扮演了皇帝老师的角色，例如朱熹。这些人做皇帝老师的时候，会把文人的经验传递给皇帝，促使他们可以讲道理，可以谦逊，可以真正谈谈文化。

正是这些背景构成了北宋词乃至宋朝文学的发展基础。我们看看欧阳修、范仲淹等人的词，在一个男性担当特殊角色的社会结构当中，可以流露出"白发戴花君莫笑"的情感，他们表达内心最柔软的部分时，并不会觉得羞怯。人有一部分是社会性的，有一部分则是非常私密的，当私情的部分被满足的时候，一个人就圆满了。

宋朝的诗词与同时期的策论文章有很大不同，如果拿苏轼等人的策论和他们的词对比，会觉得判若两人。苏轼考试时写的《刑赏忠厚之至论》是谈司法制度的，他和宋神宗、王安石辩论新法之失的时候，策论写得洋洋洒洒，绝对是最好的政论文章。可是当他写到"墙里秋千墙外道。墙外行人，墙里佳人笑"的时候，忽然可以感受到性情柔软、妩媚的东西跑出来了。这些人身上是有两面的，他们也很了解自己有必要做一个完美的理学的信仰者。所谓"完美的理学"，是儒、释、道三者相融合、调适平衡的一种关系。

宋朝是一个最懂得融合的朝代。所谓融合，意思是说过去总要分你是佛家，他是道家，我是儒家（像杜甫是儒家，所以是"诗圣"；李白比较接近老庄，所以是"诗仙"；而王维比较接近佛教，所以是"诗佛"），可是宋朝时这种界限越发模糊。文人们身上有一种豁达，可以在上朝的时候扮演儒家的角色，下朝的时候又是另外的样子。看看苏轼和佛印和尚的关系，他可以"无入而不自得"。

这是一种成熟，也是一种智慧。我们会发现其实身体里有很多个不同的"我"，当我们决定哪一个是真正的"我"时，对其他的"我"就开始排斥了，然后自己和自己打仗，纠缠不清，姑且称之为"分裂"。可是"分裂"其实是和解的开始，也是圆融的开始。当我们发现身体里很多的"我"可以坐下来好好谈话的时候，那大概会是很愉快的体验。

包容之美

静观万物是因为我们对自己的生命有信心，
可以看到生命来来去去

我非常喜欢宋朝的文人可以在作品中自由转换角色，转来转去一点都不冲突，所有的"分裂"都和解了。词对他们来讲本来就是玩赏之物、游戏之物。

北宋欧阳修、王安石这些人，都可以进退不失据，就是因为他们有一种对人格的完美要求。他们做官不是为谁做的，是因为自己的理想，所以他们非常清楚做官与不做官之间的分寸。苏轼不会因为被下放了就不做事了，他要做的事情更多，有更多的机会去与人接触。他被贬到岭南，觉得荔枝很好吃，就写起荔枝来。

我觉得这些是宋朝最可爱的部分。唐朝一切东西都要大，而宋朝可以小。小不见得没有价值。词人可以很愉快地去写生命里一个小小的事件、一点小小的经验，他把春天的灿烂、秋天的萧瑟都看到了，是另一种美学。我们在现实中常常进行比较，比较当中很少有"完全"，因为比较之后一定有一个结论，是要其一，还是其二。可是"完全"的意思是，生命中这些东西本来就都在，雄壮是一种美，微小也是一种美，没有人规定雄壮的美会影响微小的美。"西风残照，汉家陵阙"可以是一种美，宋朝画家画的一片叶子上的草虫，也可以是一种美。

台北故宫博物院收藏的《草虫瓜实图》上画了一个瓜，瓜上有一片叶子，叶子上有非常小的一只草虫，很多人都盯着那只草虫看，让人感觉到小小昆虫的生命也是一种美。宋朝是可以静观万物的，静观万物是因为我们对自己的生命有信心，可以看到生命来来去去，这之中有更大的包容,不去做比较和分辨。这个时代既有范宽在画《溪山行旅图》那样大气魄的山水,又有花鸟画家在画一些非常小的草虫。

"大"和"小"都是一种宇宙世界,当然这背后有一个非常深的哲学背景。北宋理学其实是一种生命之学,谈生命中的宽容,谈拿掉所有外在的权力、财富之后,人怎样才能像一个人,这些是当时的理学家关心的问题。

宋朝的知识分子可以回来做自己,这种自我的释放使得宋朝在文化的创造上产生了一种"平淡天真",就是不要做作,也不要刻意,可以率性为之。

人不能"万物静观",很难"皆自得",很难有自信,也就充满怨恨。

如果去台北故宫博物院看到《寒食帖》,会发现宋朝人写字不像唐朝人那样规规矩矩地写楷书,也不一定是狂草,他可以随意,写错字再改一改就好了。没有人规定伟大的书法里不能有错字,错了为什么一定要再写一次呢?生命里面的错误让别人看到会那么难堪吗?这个字错了,就把它

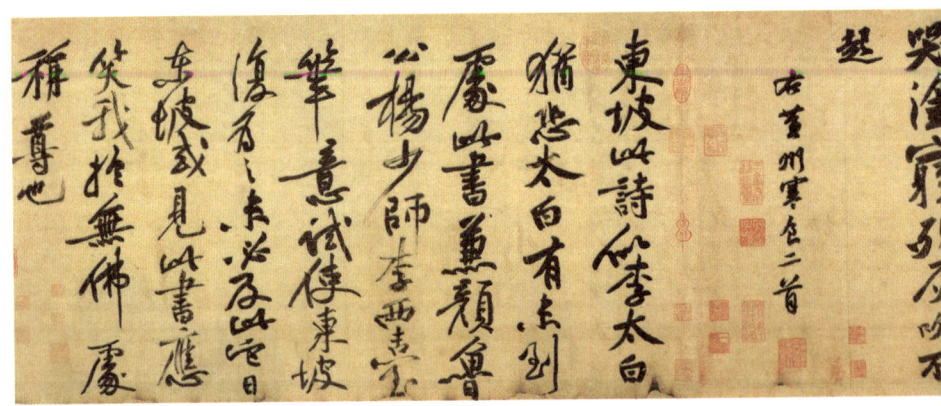

北宋·苏轼《寒食帖》

圈上，旁边再补上一个字，这些在书法中都出现了。苏轼、黄庭坚的书法里都有涂改的痕迹，书法的美学因此从一个官方的很正式的规格转变为性情的自然流露。从艺术中可以看到人的真性情，是什么就是什么，对错都是自己，不要去掩盖它。

宋朝的文人崇尚理学，这样的哲学也与后蜀和南唐有关，其中渗透了某种非常奇特的流浪感。我讲的"流浪"，是指一种生命的不定形式，是说"我"可能正在旅途当中。唐诗《春江花月夜》所展现的就是一种旅途当中的流浪感，可是更大的流浪，有一点像佛经里面说的"流浪生死"，是生命从哪里来，又到哪里去的流浪之感，这使生命的不定性产生真正的惆怅与愁绪。

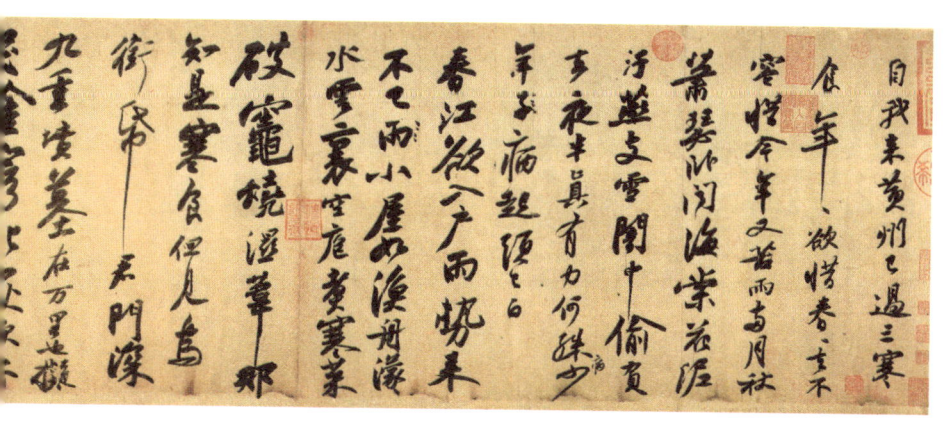

深情存在于万事万物

生命都是有前缘的,一朵花,或者一只燕子,都会变成生命中的一种象征

冯延巳的另一首《鹊踏枝》,我觉得是在讲一种流浪感。

鹊踏枝○

几日行云何处去?忘却归来,不道春将暮。百草千花寒食路,香车系在谁家树? 泪眼倚楼频独语。双燕来时,陌上相逢否?撩乱春愁如柳絮,悠悠梦里无寻处。

一开始就用了一个意象——在天空中飘动的云。李白曾经讲过"浮云游子意,落日故人情","浮云游子意"是讲一个游子像浮云一样居无定所,不仅是身体上的流浪,也包括心灵的流浪。我们看看冯延巳是怎样传达出这种流浪感的:"几日行云何处去?忘却归来,不道春将暮。"从五代到宋朝,常常会有一种对时间的感伤,不知不觉春天已经快过完了。"不道春将暮"其实是对生命在不知不觉中衰老的感伤,是对青春在不知不觉中逝去的感伤,它和"不辞镜里朱颜瘦"的意义是一样的。"春""暮"两个字合在一起,是在讲述繁华的过去。

从历史上说,大唐的确是繁华的过去,宋朝则是一个有机会去回忆

○本词归在冯延巳名下尚存在争议。在《宋词三百首》里是欧阳修为作者,而唐圭璋先生在《宋词互见考》里考证两家词集完成时间,以及后世序跋所言,推论其作者应为冯延巳。

繁华的时代。法国十九世纪末二十世纪初最重要的作家是普鲁斯特,他的《追忆似水年华》是在写一个家族的繁华。《红楼梦》也是写家族的繁华。在繁华当中时间过得很快,一旦对时间有感觉,大概就是繁华已经过去了,所以作者以"不道春将暮"来述说自己心情上的流浪。

"百草千花寒食路",在清明的前后,百草千花都在繁盛地开放,可是春天快要结束了。百草千花是在讲繁华,寒食则是在讲心情的落寞,特别是寒食节还隐含着介子推(一作介之推、介山子推)被烧死,大家为纪念他不吃热食的典故。"百草千花"和"寒食路"是一组对比,一面是繁华,另一面是幻灭。

"双燕来时,陌上相逢否?"这一类句子,我们在晏殊的词里还会看到。他们常常会写春天看到燕子来了,就问燕子"我们是不是去年见过"?有一点"为问新愁"的意思。这一类形式在唐诗里几乎没有,其实它是在很特殊的万物静观之后感受到生命的流转形式,觉得生命都是有前缘的,一朵花,或者一只燕子,都会变成生命中的一种象征。

像晏殊的"无可奈何花落去,似曾相识燕归来",其实燕子回来是季节的景象,是客观的,可是"似曾相识"就变成主观了。我们觉得那个生命是曾经认识的,似乎有过很多的记忆,好像有很多没有了结的东西要在这一世延续。这个部分很明显是佛教或者老庄的成分进来了,特别是佛教,"轮回观"认为生命不是一个短暂的形式。"陌上相逢否?"是在问燕子,在向外的政治力量结束之后,人才会回来关注自己身边的小事物。

我们经常在谈虚妄夸大的东西,对身边的小事却可能没有真正珍惜过。对于每年春天来过屋檐下或田野上的燕子,我们都没有注意过。这个时候,"大"会变成虚大、浮夸,而不是真实的深情,五代到宋的词则多半在讲深情,较不谈大的问题。"泪眼倚楼频独语",泪眼婆婆地靠在楼边独白。唐诗的对话形式转变成心事独白,而这种私密心事不能随便传达给别人，所以这个时候才敢问"双燕来时，陌上相逢否？"。

当然这里面有很复杂的隐喻。很多人认为"双燕"是某个女子，可是我觉得恋爱不见得一定是跟人，我相信深情是可以存在于万事万物之中的。例如我到日本看樱花，会觉得是前世曾经看过的，这是一种很奇特的心情，好像生命中有些东西在一个超经验的状况里轮转。尤其对创作者而言，他会寻找某一个记忆或经验，甚至是记忆以外的空间和时间。

我并不喜欢将"双燕来时，陌上相逢否？"注解为"在燕子来的时候，问我们去年是不是在田野上遇到过？"，这种注解特指某一个人、某一个恋爱的对象。其实我觉得，作者自己可能真的就是燕子，他觉得他的生命形式是循环的。也许去年春天来过，今年又来了；也许是五百年前来过，五百年后的现在又来了。由于理学本身包容了很大的佛教经验，打破了儒家关于时间和空间的概念，将其扩大至无限，所以这一部分在北宋词里会看到更多。

"撩乱春愁如柳絮"，那种春天的愁绪、烦乱，像随风飞舞的柳絮一样。柳絮飞起来是一团一团的，毛毛的，漫天飞舞。作者用柳絮比喻"总是拂不去的东西"，它轻得不得了，但就是沾得人们一身都是，变成了一种对心情的形容。

唐诗里面很少有这种东西，诗人们站在那里，目视着"西风残照，汉家陵阙"，他们看不见柳絮，因为柳絮很细小。可是宋朝的时候，诗人已经开始用"显微镜"了，他们专注地看到了生命里面这么小的事物，也许这是因为他们在文学上没有那么大的野心。可是换一个角度来看，要近到什么程度，才会看到这么小的东西？这也是需要野心的。

所谓"致广大"是一种能力，"尽精微"也是一种能力。如果说唐朝一直在"致广大"，那么到了宋朝则开始"尽精微"了，当然在整个儒家的道统里面，"致广大"和"尽精微"必须合在一起才是完整的。

所以我觉得，唐、宋也要加在一起才是完整的。例如，李白诗的音韵高亢得不得了，诗里不是侠客就是仙，都是特异的生命形态。可是在读五代词、北宋词的时候，会感觉到人的一种平凡的真实性。作者把自己置放在季节或者山水当中，去看人的真实性，而不去虚夸人对自然的控制或征服。读"大漠孤烟直，长河落日圆"，当然很过瘾，因为它的气派很大；可是"独立小桥风满袖"却是一种非常特殊的个人与宇宙合而为一的平凡经验，这些单纯细小的经验积累成了北宋后来体现出的状态。我们会用伟大去形容唐诗，但不太会用伟大去形容宋词，因为后者不追求伟大，它追求的是一种平静。

"撩乱春愁如柳絮，悠悠梦里无寻处"表达了对生命的茫然之感，或者说是刚才讲的流浪之感、迷失之感：这种愁到底在哪里？在梦里无可寻找。它表达的是一种春愁、一种闲情、一种惆怅。不过这种惆怅不严重，没有到绝望的地步，它是一种淡淡的哀愁。这里连情绪的根源都不清楚，因为不清楚，所以才会变成抽象的、对于生命内在的描述，那种"无寻处"的状态才是重要的。

为君持酒劝斜阳，
且向花间留晚照

这个美好势必要结束，在结束以前，
至少能够和繁华在一起，能够有一种深情的珍惜

白居易写"花非花，雾非雾"，已经有一点碰触到类似"悠悠梦里无寻处"的神秘经验。宋朝的时候，这个内在的神秘经验成为主流了。我首先想和大家提到的就是宋祁的《玉楼春》，其中有一种繁华，有一种完全属于宋朝的美。

我常常觉得词牌和西方的调性最大的不同在于：词牌会把某个调性的内在经验转换成很简单的符号，让我们感觉到这个歌大概应该怎么唱。例如《鹊踏枝》这个名字，有一种喜鹊在树枝上跳动的感觉，好像是支优美的小调，有一段优美愉快的旋律，可是又带着一些淡淡的自我反省的力量。到了《玉楼春》，会感觉到它是更喜气的调子。中国的词牌很特殊，它不像西方那样是用一个客观的调性去记录，而是把它转换成富于文学性的描绘。现在很多人说"玉楼春"三个字没有意义了，可是我觉得有意义，"玉楼春"表现出的像是一个春天，在酒楼上，诗人喝着酒，有一种开心，有一种喜悦。我觉得这首词反映了北宋开国时期文人的一种词曲生活。

有一段时间，在江蕙的歌里能够听到某一种很哀伤的情绪，苦闷的，而且是自毁性的，喝酒一定要喝到肝都坏掉的那种情绪。我觉得歌曲比一般诗人的诗更能够传达时代性，宋祁的《玉楼春》就是这样能传达时代性的作品。我其实是把《玉楼春》《鹊踏枝》当成时代中的歌曲看待，而不认为它们是绝对个人的创作。

玉楼春[注]

东城渐觉风光好，縠皱波纹迎客棹。绿杨烟外晓寒轻，红杏枝头春意闹。浮生长恨欢娱少，肯爱千金轻一笑。为君持酒劝斜阳，且向花间留晚照。

《玉楼春》所传达的时代性，就是北宋开国时人们心里的一种喜悦。"东城渐觉风光好"，春天到了，没有政治的压迫，没有经济的窘困，没有战争的威胁，大家出来玩，很开心。这个词牌的音乐是愉快的，大概就是出去郊游时会唱的那种歌曲。

"縠皱波纹迎客棹"，水的波纹像绉纱的皱纹似的，宋朝常常用这个比喻，如果大家看过宋画里画水的方法，就可以了解。那是一种在风平浪静、阳光亮丽的时候波光粼粼的感觉。如果有风浪起伏，线条就不会是这样的画法了。大概在最平静的春天，阳光又非常透明的状况下，才会出现这种非常细的水纹。"棹"是撑船的工具，有客船来了。

宋朝有一种很特殊的经验，就是关于水的经验。我觉得，在唐朝，对于山的认识大过对于水的认识，在绘画里也是如此。宋朝开始慢慢去寻找对水的认识，当然有一部分原因是宋朝的都城都和水有很大关系。汴河是北宋很重要的一条河，南方的物资由此运进来。我们在看《清明上河图》的时候，能够看到河流上的船只来往非常频繁。这条重要的河流构成了城市的景观。

在十至十二世纪，全世界大概没有一个城市比汴京（北宋都城东京，因隋唐曾在此置汴州，人遂称汴京）更繁华。一个城市可以有那么多商店，有那么多人在街上游玩，有那么多货物的运输，有那么多贵族的管弦被吹奏。

[注]《玉楼春》，词牌名。又名《木兰花》《惜春容》《西湖曲》等。双调七言八句五十六字，仄韵。

很多人研究中国的城市发展史，第一个讲到的城市就是汴京。难道汉唐的长安不繁华吗？当然也很繁华，可是北宋的汴京不仅繁华，更重要的是它具备了近代商业城市的基本规模。它是最早把住宅区、商业区、游乐区分开的城市。从城市规划来讲，一个城市不发展到一定程度，不会有这样的分别。

此外，宋朝真正达到了经济繁荣和贸易频繁的状态，特别是贸易。这样的情形对于宋朝发展出安定的城市文化是一个非常重要的基础。人在战争的威胁下很难累积繁华，政治的安定加上贸易的频繁，使宋朝真正进入了繁荣。人们对于物质，对于自己所拥有的繁华，有一种安定感。

我不知道大家会不会觉得，亲近水的心情和亲近山的心情是非常不一样的。水比较柔软，比较温和，比较顺从，也比较沉静和"反省"；山则比较稳定、雄壮、大气。两者带出了两种不同的美学经验，尤其是到南宋以后，因为定都在杭州（南宋定都于此，时称临安），所以关于水的经验更为丰富。北宋词当中描述水的内容很多，例如欧阳修曾在扬州任官，苏轼有很多时间在杭州，他们都有对于水的观照和体验。

宋朝有很多水上活动，例如"争标"，《金明池争标图》描绘的就是这个场景，有很多船参与，有一点像龙舟竞渡。"标"是由政府或者皇帝设的，大家去抢，抢到以后会有很大的赏赐。节庆的时候，湖面上会有这样的活动，宋朝官员、文人也会参与其中，陪着皇帝观赏争标。争标后皇帝赐宴，大家当场写诗。宋祁的《玉楼春》就被认为是他在观看争标以后的宴会里陪侍时写的。

"绿杨烟外晓寒轻，红杏枝头春意闹"，王国维曾经说过，一个"闹"字出来，整个境界就不一样了○。一个词人要描写红杏开到繁盛至

○《人间词话》："'红杏枝头春意闹'，著一'闹'字而境界全出；'云破月来花弄影'，著一'弄'字而境界全出矣。"

极的景象，一定要有自己的表现手法，他用一个"闹"字收尾，视觉、听觉、嗅觉全部出来了。

填词是一个字一个字镶嵌进去，和写诗时在思维逻辑下产生的文字和句型是不太一样的。如果我们今天已经有一个曲调，要把词填进去，而且平仄都是固定的，那我们对每一个字的分量都会仔细斟酌，这个时候创作者除了要思考整个句子的状况，还要思考每个字本身的特异性。北宋词开发出了字本身的独立特性，我讲的是"字"，而不是"词汇"，唐诗里面常常表现的是词汇的美，很少看到一个字本身有很大的特殊力量。

当然，大家也许听过"僧推月下门""僧敲月下门"的例子，那是对于字的斟酌，大多是在动词上斟酌，而北宋词中对于字的斟酌更多、更明显。当我们看到"红杏枝头春意"的时候，还没有什么感觉，可是这个"闹"字一出来，整个画面全部被接在一起。王国维的《人间词话》常常会提醒我们，在读词的时候要注意某些字。又例如前面这句"绿杨烟外晓寒轻"，讲杨柳在春天如烟雾般弥漫，清晨的寒气轻微。"轻"变成了很特殊的生命体验，既是客观的，也是主观的。"闹"字也是如此，既讲客观，也讲主观。读完这两句词以后，我们会觉得"晓寒轻"和"春意闹"好像在讲自然，可是实际上也是在讲生命本身。我们自己的生命中也有"闹"，青春繁华的感受就是"闹"，和"轻"字形成对比。

"浮生长恨欢娱少"，这里也是北宋词对五代词非常明显的延续。李煜后来的句子也总是有"浮生长恨欢娱少"的情绪。创作本身有时是对欢娱的反省，"浮生长恨欢娱少"其实不是感伤，而是从另外的角度对生命经验进行寻找——他要求自己在沉静的状况里重新去思考欢娱这回事。

"肯爱千金轻一笑"，大家会不会想到李白的句子？例如"黄金白璧买歌笑"，他总是觉得，最珍贵的物质其实是用来"买"生命里最美好的一刹那的。可是在宋祁这里，"肯爱千金轻一笑"变成了一种质问：在现实当中，由于我们对物质的计较，是不是忽略了生命里最可珍惜的某种深情呢？"一笑"其实就是一种深情，是生命里的所爱。每个人能够为之一笑的东西，我相信都不一样，我们应该为它执着。唐诗的澎湃激情到这里，慢慢转变为追求个人生命中短暂的、刹那间的深情，变成了"肯爱千金轻一笑"。

"为君持酒劝斜阳，且向花间留晚照"，对宋祁来讲，"肯爱千金轻一笑"的东西，大概就是结尾这两句。其实生命是有对象性的，因为这个对象，生命会产生不同的意义。例如我们前面介绍过的"记得绿罗裙，处处怜芳草"，"绿罗裙"是存在过的，但现在可能已经不在了，于是我们扩大记忆中的经验，开始"处处怜芳草"。"为君持酒劝斜阳"是一个特定经验，"且向花间留晚照"是在和夕阳对话，我们前面讲过和燕子对话，现在又是和夕阳对话。对夕阳说，对夏天最后的晚霞说："可不可以在花间再多留一下？"北宋词中有很多在花间的寻找，在花的盛开中寻找生命的体验，思考如何让美好的体验延续。可是又有感伤，因为"晚照"是已经要入夜的落日了。但"晚照"和"花间"结合在一起，又是一种最华丽的状态。《玉楼春》体现了宋朝开国以后的某种从容。

《玉楼春》的句子全部是七言，但是既不讲究绝对对仗，也不讲究叙事，每个句子都有很高的独立性，都可以跳出来以独立的状态发展。《玉楼春》的声调也比较平缓，很少有高亢或者低沉的大变化，哀愁和喜悦都不是特别有起伏的，只在最后留下一个淡淡的"且向花间留晚照"的愿望，好像变成一种对生命的美好祝福。这个美好势必要结束，在结束以前，至少能够和繁华在一起，能够有一种深情的珍惜。"且向花间留晚照"，如果把这样的句子送给朋友，我想其实是一种对生命的祝愿，它绝不是在讲某一天的晚霞，而是说，在生命结束以前要珍惜自己。

第三章

范仲淹、晏殊、晏幾道、欧阳修

蒋勋说宋词 上

从李煜到范仲淹

知识分子的"分裂"个性

看似对立的个性其实可以和解，
如果实现了和解，这种分裂反而是一种完美

范仲淹是一个政治家，所以他的发之为文不是为了狭义的文学。我自己一直不采取狭义的文学定义，而采取广义的，一个人对于生命的感慨和意见，都可以是文学的状态。

范仲淹所处的时代和宋祁大体相当，但他承担着守卫边关的重任，所以他的生命情调和宋祁是不一样的。在他的词当中，有着宋朝开国词人中少有的苍茫之感，这和他的身份有关，也和他身在陕西有关，北方的西夏和辽随时可能进攻宋朝。他的《渔家傲》里面多是比较高亢的声音。《渔家傲》仿佛是民间渔家传出的声音，可是有个"傲"字在里面，构成一种高亢的感觉。这个词牌和《满江红》有一点相似，是比较悲壮的。

虽然北宋词是以宋祁、欧阳修这一派为代表，可是应该给范仲淹一个特殊的定位，从他身上可以看到北宋在从容之外的焦虑感。他的《岳阳楼记》里就有一种政治上的焦虑感和某一种祝福的意义。宋朝知识分子身上所兼有的养分非常丰厚，在不同的环境下能够扮演政治家、诗人、评论家等多重角色。

我们在读《渔家傲》的时候，可以看到范仲淹出入于不同的状态之间，他要写出一个边防司令带领军队的悲壮和勤奋，同时又要写戍边的辛苦，要用一个司令的心情去感同身受边疆士兵常年回不了家的辛苦。这个时候，我们会看到他两种身份的对比关系。

第三章　范仲淹、晏殊、晏幾道、欧阳修

渔家傲

塞下秋来风景异，衡阳雁去无留意。四面边声连角起，千嶂里，长烟落日孤城闭。　浊酒一杯家万里，燕然未勒归无计。羌管悠悠霜满地，人不寐，将军白发征夫泪。

"塞下秋来风景异"一句非常像唐诗的边塞诗。范仲淹是宋朝少数到过边塞的文人之一，风景肃杀的感觉出来了。"衡阳雁去无留意"，衡阳在湖南，秋天来了，大雁往南边的衡阳那边飞，它不想留下来了。而将士们大概是中原来的，到了陕西，到了边疆，感觉到秋天来了，连鸟都回家了，可是自己却回不了家，这里是在讲乡愁。"四面边声连角起"，"四面边声"是在讲胡人的队伍，胡人吹起一种用动物的角做的乐器，声音非常高亢、悲凉，令人有一点感伤。"千嶂里，长烟落日孤城闭"，秦岭山峦阻隔，"长烟""落日""孤城"三个意象有一种类似"西风残照，汉家陵阙"的肃杀与荒凉。当时诗人守在被西夏包围的一座孤城里，情势非常危险。

下阕中，范仲淹非常明显的文人气质出来了。我们很少在一个政治家身上看到这种情感："浊酒一杯家万里。"作为一个边关司令，这个时候他却喝着一杯浊酒，心里是说不尽的感伤，有凄凉，又有雄壮，完全是从他的身份里面流露出来的情感。"燕然未勒归无计"，这里他用了一个汉朝的典故。汉和帝派人讨伐匈奴，一直打到燕然山，当时的大将与匈奴刻石为界。而现在范仲淹也觉得他身负国家的使命，一定要在完成这件使命

○《渔家傲》，词牌名。《渔家傲》不见于唐、五代人的词作中，《词谱》卷一四 认为："此调始自晏殊，因词有'神仙一曲渔家傲'句，取以为名。"双调，六十二字，上下片字数、平仄相同，仄韵。

以后才能够谈自己回家这件事。"燕然未勒"是说他还没有完成任务。

"羌管悠悠霜满地",羌管吹奏出悲凉的声音,秋天已经飘霜了。"人不寐,将军白发征夫泪","将军""白发""征夫"同"长烟""落日""孤城"一样,都是三个意象,一个用"泪"结尾,一个用"闭"结尾,写出了在极大孤独感里的一种忧伤。前面我们讲到北宋词里单字的独立性非常强,"闭"字是把长烟、落日、孤城三个意象联结起来了,"泪"字又是怎样把将军、白发、征夫三个意象联结起来?自己已经是一个老将军,头发都白了,跟他一起来的那些被征发的兵士也都老了,可是边功未成,还没有勒石燕然,悲哀的心情以"泪"来做总结。

北宋开国,范仲淹代表了一种试图恢复大唐气象的愿望,可是这在当时并不是主流。宋朝本身并没有特别去发展边功的意图,它似乎希望发展文人政治。在《苏幕遮》里,范仲淹变成一个多情男子,完全不像一个将军,也不像一个政治家。

苏幕遮 ○

碧云天,黄叶地,秋色连波,波上寒烟翠。山映斜阳天接水,芳草无情,更在斜阳外。 黯乡魂,追旅思,夜夜除非,好梦留人睡。明月楼高休独倚,酒入愁肠,化作相思泪。

"碧云天"三个字曾被小说家琼瑶拿去做书名。"山映斜阳天接水,芳草无情,更在斜阳外",这样的文字非常像山水画。斜阳是一种时

○《苏幕遮》,词牌名。《苏幕遮》为唐玄宗时教坊曲,来自西域。慧琳《一切经音义》卷四一"苏莫遮冒"条有云:"'苏莫遮',西戎胡语也,正云'飒磨遮'。此戏本出西龟兹国,至今犹有此曲。此国浑脱、大面、拨头之类也。"后用为词调。双调,六十二字,上下片各七句四仄韵。

第三章 范仲淹、晏殊、晏幾道、欧阳修

间上的无情与哀伤,我们没有办法在花间留下晚照,可是芳草也是无情的,它在斜阳之外的无限空间里。所以,时间的无限性是人的第一个感伤,空间的无限性是人的第二个感伤。这里是讲思念在时间上与空间上的不可及,这是人类最深的两个感伤,也就是时间和空间的无限性。

"黯乡魂,追旅思,夜夜除非,好梦留人睡",这句完全像口语,它是歌词,歌靠听觉传达,不能用太过艰深的典故和词汇。"夜夜除非,好梦留人睡",几乎没有人不懂。"明月楼高休独倚,酒入愁肠,化作相思泪",这种对于离家的情感,或者说思念自己亲密的人的情感,非常通俗,好像到今天还是流行歌曲的基本情感。

我之所以把《苏幕遮》和《渔家傲》放在一起讲,是希望大家看到宋朝知识分子的"分裂"个性。范仲淹作为将领的角色与他作为一个柔软多情的男子的角色,竟然是如此不同,但是又可以合在一起。看似对立的个性其实可以和解,如果实现了和解,这种分裂反而是一种完美。

后面我们讲到欧阳修、苏轼、柳永时,更可以看到这种多重性。尤其是苏轼,他身上有着佛教、儒家、道家的特质,是政治家,又是一个多情男子。不过这些在苏轼身上并不矛盾,他可以变来变去,上朝时和王安石争辩新法得失,下朝之后就跟王安石下棋,还夸赞王安石的诗。这当然是"分裂"的,可是这种"分裂"反映出苏轼看到了人的多重性,也尊重人的多重性,他看到了生命的丰富,也就不去阻碍生命里面任何特异性的发展。<u>人看不见自己的"分裂",常限于固执,人看不见他人的"分裂",也不会对人性包容。</u>

080　蒋勋说宋词 上　从 李 煜 到 范 仲 淹

第三章　范仲淹、晏殊、晏幾道、歐陽修　　081

享受生活中的平凡和宁静

我们的生命并不是每分每秒都具有重大意义，
有些时候是属于静下来的时刻，可以休闲的时刻。

在范仲淹之后，大概到宋仁宗时期，北宋政治开始稳定下来，它的文化特质也在文学创作里表现得非常直接。下面会为大家介绍晏殊的四首词，以及晏幾道和欧阳修的作品。

我们先来看晏殊的《踏莎行》。

踏莎行○

小径红稀，芳郊绿遍，高台树色阴阴见。春风不解禁杨花，蒙蒙乱扑行人面。　翠叶藏莺，珠帘隔燕，炉香静逐游丝转。一场愁梦酒醒时，斜阳却照深深院。

"炉香静逐游丝转"，香炉里燃一点檀香末或者沉香末，然后香炉上面的孔会冒出细细的烟来，这就是"炉香"。"静逐"是说因为非常安静，也没有风吹，所以烟慢慢地绕，如一道游丝般在转。这个场面，这个过程，很可能是诗人坐在书房里面对着香炉观察到的。宋朝文人开始会有一种静下来的心情，去静观一些在唐朝不太容易被看到的事物。

唐朝许多作品经常在描述大的景象，或者生命中必须有目的性的事

○《踏莎行》，词牌名，又名《柳长春》《喜朝天》《踏雪行》等。双调，五十八字，上下片各五句三仄韵。另有添字成双调六十四字或六十六字的，则称为《转调踏莎行》。

件，可是到宋朝以后，因为政治的相对安定和经济上的繁荣，人们可以很安静地去看一些几乎是无谓的小事件。我们会发现"炉香静逐游丝转"好像是一个没有目的性的描述，它在整个人生的意义上，不代表任何东西。可是所有的无谓和无聊，在生命里面又占据了重要的时间。我们的生命并不是每分每秒都具有重大意义，有些时候是属于静下来的时刻，可以休闲的时刻。

从"小径红稀"开始，作者描述了一个人走在落花稀疏的小路上，在郊外游玩时看到绿色的树，再进一步用"高台树色阴阴见"去形容人在树底下看到的树荫所构成的光影层次。"翠叶藏莺"就是在翠绿色的叶子里面藏着春天的黄莺鸟。我们在台北故宫博物院的一幅宋画里可以看到，一道珠帘，外面有燕子飞过来，这就是"珠帘隔燕"。过去的文人有时候在比较接近轩或者廊的地方读书，会有鸟飞进飞出，他就用珠帘挡住，让光线没有那么明亮，同时也让禽鸟或昆虫不容易进入这个空间。这种隔帘的经验变成了一种很特殊的生活空间里的美学形式：室内与室外的空间没有绝对的隔断，而是形成一种通透的感觉，人与自然之间可以有"隔"，可是这个"隔"又是可以连接的。

到"炉香静逐游丝转"的时候，我们会发现作者在追求一个完全静下来的心境和画面。它和五代词最大的不同在于，所谓的"愁"稍微少了一点点，虽然后面还是要讲到，可是不太像花间词有那么多哀伤和惆怅。它会描述生活中一些微不足道的东西，那些过去在唐朝不太会拿来作为创作题材的内容，会被刻意地描述。

所谓"一场愁梦酒醒时"，是说在喝酒睡着以后醒过来，不只是身体的苏醒，同时也是心灵上的苏醒。"斜阳却照深深院"，感觉到斜阳在移动，时光在慢慢消逝。这种描述和《花间集》或者南唐词句里直接的感伤不太一样，它只是一种观察，例如斜阳慢慢消失的感觉。而且作者不用很

重的句子，只用"深深院"这样的表达，本来是照在他身上的阳光，此时在慢慢退后。

北宋词最精彩的部分在于它对意象的掌握。这些意象经常是非常平淡的，里面没有大事件，不过就是愁、醒、梦这些小小的生活体验，加入一些自己身边最具体的景象。我们可以用什么样的方法，去描绘自己生活里面最安静的空间和状态呢？如果不选择李白"西风残照，汉家陵阙"的大气魄，而是希望创作保有北宋词的某一种安静，那我们今天生活的安静又在哪里？我们这个时代的文学之美会在哪里？

我们讲生活美学，是说由生活中升华出的一个特殊景象。把牛奶倒进咖啡，然后拿着小调羹去搅，这样的场景可能就是一个现代诗的画面，牛奶与咖啡融合的场面，其实和"炉香静逐游丝转"是同样的东西。"炉香静逐游丝转"是非常小的一个事件，但是它可以入诗，那我们今天要从哪里去寻找入诗的生活细节呢？我想这个部分其实是我们在读晏殊词的时候要思考的。因为尽管晏殊做到了很大的官，而且影响了一代文人，可是在他的词句当中，我们会感觉到他没有像范仲淹的《渔家傲》那样很大气魄的东西，反而回到了平凡的生活本身。

超越感伤和喜悦

当一切向外征服的野心都挥洒完毕，
回来安分做人，成为他们真正的追求

我为大家选出来的四首晏殊的词，可能都非常平淡，是一般人会有的生活细节，例如下面这首《撼庭秋》。

撼庭秋

别来音信千里，恨此情难寄。碧纱秋月，梧桐夜雨，几回无寐！　楼高目断，天遥云黯，只堪惆怅。念兰堂红烛，心长焰短，向人垂泪。

上阕大概是讲一个失眠的经验吧，朋友离开以后，连让对方知道自己情感的机会都不多。"碧纱"也就是淡绿色的纱，垂下来，它和珠帘非常相似，都是宋朝生活里为了不让鸟虫随便跑进来而设的。台北故宫博物院的宋朝文物展中，有一张描绘宋朝文人生活的画，可以看到他们怎样用屏风、帘、纱来处理生活空间。现代生活中分隔我们空间的大概只有墙，可是墙分隔出的其实是一个僵硬的空间，而帘、屏、纱的"隔"，则在生活空间里形成一个有趣的关系。现在日本的居住空间里还常常用到屏、帘这些东西。

纱和帘既是隔断，可是又通透。隔着帘和纱的光线是非常特殊的，"碧纱秋月"是说人在室内，可是透过绿色的纱帐，他可以看到外面

○《撼庭秋》，又名《感庭秋》，词牌，本唐教坊曲名。调见宋晏殊《珠玉词》。双调，四十八字。

秋夜的月亮。"碧纱"和上一首词提到的"珠帘",其实都在营造一种视觉上迷离的效果。"梧桐夜雨"是在讲夜晚的雨水打在梧桐叶上产生的声音效果。"碧纱秋月"是一种光线,"梧桐夜雨"是一种听觉,作者视觉的经验和听觉的经验组合成为词的美学记忆,然后落到"几回无寐"。一个夜晚常常失眠的孤独的人,才会看到"碧纱秋月",听到"梧桐夜雨"。

我不知道大家会不会问,他这个时候感伤吗?可是恐怕也有另外一种情况,那就是喜悦。在失眠的夜晚,看到了户外的月光。生命里面的喜悦和感伤都在一起的时候,可能它会形成另外一个超越感伤和喜悦的心境,我觉得这种心境比较接近北宋词真正想要追求的东西。

"楼高目断,天遥云黯,只堪憔悴。念兰堂红烛,心长焰短,向人垂泪。"我们在读"心长焰短"四个字的时候,也许很容易就错过了。它好像只是在描写一个人

看蜡烛的情景,而这个蜡烛不过是唐朝曾被李商隐描述过的"蜡炬成灰泪始干"的蜡烛。可是晏殊对蜡烛的感受是不同的。烛芯还很长的时候,火焰已经越来越短,因为蜡烛快要烧完了。张爱玲说她最喜欢这四个字,她觉得"心长焰短"是一种生命状态,它不是在讲蜡烛,而是在讲一种极大的热情已经燃烧得要到最后了,内在的激情还那么多,可是物质能够提供燃烧的可能性已经那么少了。这四个字讲出了人生中某一种热情将要成为灰烬、将要结束的状况。"向人垂泪"当然是在延续唐诗中蜡炬流泪的意象。

前面介绍的晏殊的两首作品中,很明显都没有大事件,没有大野心,都是在安静地描述生活周边的事物。在宗教方面,唐朝的佛教追求菩萨的庄严与华丽,可是宋朝的罗汉就变成了平民化的形象。例如济公,修行原本就是生活里的一部分,他不会刻意地把自己提高到佛或菩萨的伟大。我们不会觉得罗汉伟大,而是觉得他亲切、可爱。由此我们可以看到,宋朝的宗教、文学艺术都在往世俗生活走,当一切向外征服的野心都挥洒完毕,回来安分做人,成为他们真正的追求。

昨夜西风凋碧树，
独上高楼，望尽天涯路

活在繁华当中时，其实很难对生命有所领悟，
对生命的领悟常常开始于繁华下落的那个时刻

下面我们看晏殊的一首《蝶恋花》。

蝶恋花

槛菊愁烟兰泣露，罗幕轻寒，燕子双飞去。明月不谙离恨苦，斜光到晓穿朱户。　昨夜西风凋碧树，独上高楼，望尽天涯路。欲寄彩笺兼尺素，山长水阔知何处！

"槛菊愁烟兰泣露，罗幕轻寒"，注意前面讲的珠帘、碧纱，现在讲到的罗幕，我们能够从北宋词中感受到北宋的生活空间非常有趣，不是一堵墙，而是一种转换空间。

王国维在《人间词话》中选了三句宋词，来说明人生三个不同的境界，第一个境界就是"昨夜西风凋碧树，独上高楼，望尽天涯路"。从现实上来说，"昨夜西风凋碧树"就是昨天晚上因为一阵西风吹起，绿色的树叶纷纷凋落，繁密的遮掩不见了，所以"独上高楼"后可以"望尽天涯路"，可以看到很遥远的路。对创作者来讲，这个句子只是一个画面，可是王国维将它引申为人生的第一个境界。活在繁华当中时，其实很难对生命有所领悟，对生命的领悟常常开始于繁华下落的那个时刻，就是我们曾经讲过的"颓废"。这个"颓废"不是世俗所讲的颓废，而是有很高的反省和自我沉淀的意义在里面。例如，我们留恋春天和夏天，是因为春天和夏天要过去了。"昨夜西风凋碧树"，叶子落下了，我们才开始有感

悟,才对生命有眷恋和珍惜。

王国维认为人生的第二个境界是"衣带渐宽终不悔,为伊消得人憔悴"。我们必须痴情,必须像柳永讲的"衣带渐宽",身体越来越瘦,却一点都不后悔。"为伊"是为一个人,为一个物件,"消得人憔悴",这是痴情。第二个境界是一个痴迷、执迷的过程,这个过程大概是最长久的,也是最痛苦的。第一个境界是"看山是山,看水是水",第二个境界是"看山不是山,看水不是水",这时候非常难堪,也非常分裂。有人过不了这一关,达不到第三个境界。

王国维认为人生的第三个境界是"众里寻他千百度,回头蓦见,那人正在灯火阑珊处"。我们几乎要放弃了,可是"回头蓦见",他其实就在那里。要找的人或物一直在那儿却看不到,是因为我们太执着了,所以又回到"看山还是山,看水还是水",它并没有变。

我很推崇王国维的《人间词话》,因为在谈词之外,也借助词谈了生命中非常复杂、丰富的内容和过程。我希望大家在读像晏殊词这一类词的时候,能够了解到它不仅是对客观景象的描述,更是对心境的处理。王国维的"三境界说"还有一个意思:晏殊是北宋词最早的领悟者,接下来必须要经过柳永的"衣带渐宽终不悔,为伊消得人憔悴",再到辛弃疾的"众里寻他千百度,回头蓦见,那人正在灯火阑珊处"。

这三个境界之间并不存在谁比谁高明的问题,每个境界都必须是自我完成的,但是要想自我完成或达到第三个境界,感悟的开始是非常重要的,这就是我选讲晏殊词的原因:他是北宋词感悟的起点。特别是他尽管荣华富贵一生,却可以用一种很平淡的方式写自己生命中现实的东西。

"欲寄彩笺兼尺素,山长水阔知何处!"收尾收得很通俗,是我们很熟悉的东西。我要写信给一个人,可是没有一尺的素,"素"就是没有染色的丝帛,要写信连信纸都没有。进一步的,这么远的路,这封信到底要怎么传达。晏殊的词里常常表达一种想要传达的情感,而这个情感却无从传达。"无从传达"和"山长水阔"并不见得有直接的关系,而是表现了一种落寞感,对于在人生里寻找知己感觉到茫然。光有荣华富贵而没有落寞之感其实是庸俗的,最精彩的贵族常常带有一种奇怪不可解的感伤和落寞。

感伤与温暖并存

生命并没有因为前面的"无可奈何"
而掉到沮丧和绝望当中,
"似曾相识"挽回了对生命里的冀望的熟悉感

下面这首《浣溪沙》是晏殊最具代表性的作品。

浣溪沙○
一曲新词酒一杯,去年天气旧亭台。夕阳西下几时回? 无可奈何花落去,似曾相识燕归来。小园香径独徘徊。

"一曲新词酒一杯",作者一面填词,一面喝酒。"去年天气旧亭台",想到去年同样的天气,也是在这个地方。前面一句和后面一句可以是各自独立的,这是词句的独立性。"夕阳西下几时回"?看到太阳越来越往下沉落,已经到了黄昏时分,什么时候夕阳会再回来呢?三句之间没有绝对的关系,只有歌词会有这种非常奇特的意象连接,透过声音把它们连接在一起。

"无可奈何花落去,似曾相识燕归来。"感觉花凋落了,加入了个人的主观意念,花要凋落是无法挽回的事情,是生命里哀愁和感伤的基础,可是好像又为自己找回一个生命的希望,那就是"似曾相识燕归

○《浣溪沙》,也作《浣溪纱》或《浣沙溪》,又名《小庭花》《减字浣溪沙》《霜菊黄》《广寒枝》等。词牌,本唐教坊曲名。双调,四十二、四十四或四十六字,有平、仄韵两体。

来"。那只回来的燕子，大概是去年春天认识过的。一方面是消失的感伤，另一方面变成找回的喜悦，两者同时存在，感伤与温暖并存。

我觉得这是北宋词里面最美的句子，而这样的句子当然不只是在讲花的凋零和燕子的归来，其实是在讲生命里两个不同的状态，缺少其中任何一个都不完全。

大家可以把"花落去""燕归来"同上面抽象性的"无可奈何""似曾相识"一起来看，完全是对生命的升华的讨论。这就是文学的力量，从一个很平淡的对生活事件的描述慢慢扩大，变成真正触碰生命的东西。每次读到这两句的时候我还是会被震撼，这种震撼会唤起我自己生命里很多的经验和状态。我们会觉得自己永远活在"无可奈何"和"似曾相识"之间，有很多无奈，例如亲人的去世、朋友的告别，以及青春的消逝；同时又有"似曾相识"的新事物在涌现，因为它还是在循环。生命并没有因为前面的"无可奈何"而掉到沮丧和绝望当中，"似曾相识"挽回了对生命里的冀望的熟悉感，我称它为一种"体温"。"似曾相识燕归来"是一种体温，使我们感觉到所接触的"新事物"和"新生命"不是第一次认识的。

"无可奈何花落去，似曾相识燕归来"的内涵就是要看到生命的起落和循环，是幻灭，也是欢欣。潮来潮去、月圆月缺、花开花谢，全部是事物的两面性，这种两面性使晏殊在"小园香径独徘徊"的时候，产生了对生命的领悟。

落花人独立,微雨燕双飞

我们都在通过各种方法试图了解生命的神秘性,可是我们又始终对这种神秘性无法完全掌握

接着我们讲晏幾道。基本上,他延续了晏殊的风格,但是比晏殊更婉转,更深情。接下来这几首晏幾道的词,很明显都是在和女孩子对话。下面这首《临江仙》里,更可以感受到作者的直接。

> 临江仙❍
> 梦后楼台高锁,酒醒帘幕低垂。去年春恨却来时。落花人独立,微雨燕双飞。 记得小蘋初见,两重心字罗衣。琵琶弦上说相思。当时明月在,曾照彩云归。

"落花人独立,微雨燕双飞",完全是典型的意象,没有任何对心情的描述,就是花在落,人站在花下,天上飘着微微的雨,一对燕子飞过去。这里面讲的,可能是感伤,可能是落寞,可能是对生命的领悟,它变成了一个可以有无数种解读的句子。

我们都在通过各种方法试图了解生命的神秘性,不管是星座,还是手相,可是我们又始终对这种神秘性无法完全掌握。诗本身也在可解与不

❍《临江仙》,又名《谢新恩》《雁后归》《庭院深深》《采莲回》等。词牌,本唐教坊曲名,原曲多咏水仙,故名。双调,有五十四、五十六、五十八、五十九、六十、六十二字等,皆平韵。宋柳永演为《临江仙引》,七十四或九十三字,平韵。

可解之间，可解的时候是因为我们把生命投射进去了，不可解可能是因为冥顽不灵，因为我们始终不愿意去解读生命的本质现象。所以不一定是不懂，而是有时候我们拒绝懂。

在不同的生命状况里会对诗词有不同的领悟。所谓"诗无达诂"，每个人解读"落花人独立"和"微雨燕双飞"的时候，都会有不同的诠释，所有的固定答案都是对诗的扼杀和伤害。应该给诗最大的释放空间，意象被丢出来以后，我们的生命经验会和它发生永远不停止的、不定型的互动关系，或者说对话关系。

"记得小蘋初见",小蘋是一个歌伎的名字,晏幾道直接把自己所爱恋的女子的名字放进去了,有没有发现口语化和生活化?"初见"的感觉,是一个创作者对自己生命中情感萌芽的永远不停的回忆,有点像前面讲过的"记得绿罗裙"。生命中的记忆看我们自己愿不愿意记得,可以永远记得的事其实也不是很多,所以"记得小蘋初见"反映出创作者对她是多么珍惜、多么眷恋。

五代词像是一直在镜子里看自己,可是北宋词会把自己的某一种眷恋及其对象扩大出来,颓废感比五代要少一点点。"两重心字罗衣"又是一个意象,作者记得小蘋身上穿的衣服是绣有双重心字的图案,很像"记得绿罗裙"。这些细节在北宋词里变得非常重要。

"罗"是一种透明度高、经纬疏落的丝织品,有一点像纱,夏天穿起来非常凉快。唐朝周昉的《簪花仕女图》上,仕女们穿的就是罗衣。"两重心字罗衣",一方面是讲衣服,另一方面又在讲两个人之间的情感关系,双关语在这里出现了。

"琵琶弦上说相思",歌声里全部在讲彼此之间的思念。"当时明月在,曾照彩云归",记得那天晚上月亮那么亮,照着小蘋的身形,如彩云般归去。在北宋前期,晏殊和晏幾道的词作将五代的无力感拿掉了一点。我们读宋祁的《玉楼春》,再读晏殊和晏幾道的作品,会感觉到后者有对生命中喜悦的描述。不管晏幾道以后多么"去年春恨却来时",当他记起那个晚上的小蘋,他的生命曾经是喜悦的,他也把那饱满的喜悦作为自己一生重要的记忆,当然这是非常私人化的。

我们往往不能在自己的生命里去发展一些真性情的东西,有时候我们会很害怕,所以总是写一些很伟大的题目,然而伟大的题目有时候会伤害私情,让我们越来越不知道自己内在的世界究竟是什么样。

中国文学中的夜晚经验

他们从政治、社会退回到自我的世界里，
完成对于自我的寻找

《蝶恋花》是五代到北宋词人经常用到的一个词牌，它是当时最美的流行歌曲曲调。《蝶恋花》本身是讲深情的，甚至有欲望在里面，晏幾道、欧阳修、苏东坡等人都写过，大家可以把它当成一个美学形式来看。

蝶恋花

醉别西楼醒不记，春梦秋云，聚散真容易。斜月半窗还少睡，画屏闲展吴山翠。　衣上酒痕诗里字，点点行行，总是凄凉意。红烛自怜无好计，夜寒空替人垂泪。

一个文人在回忆自己曾经喝醉酒，于西楼和朋友告别，或者是和爱人告别，他宁愿一直睡下去而不愿醒来，因为醒过来就会回忆起这件事。经过了季节的转换，人们时聚时散，却根本没有办法把握聚散。"斜月半窗还少睡"，一个半夜失眠的人，透过窗户看月亮。"画屏闲展吴山翠"，台北故宫博物院的文物展里有一个文人的客厅，它后面的床上就放了一个画着山水的屏风。这个画屏本身是空间里的一个状态，人躺在床上看书、睡觉的时候，旁边就是一个屏风。希望大家能了解宋朝文人日常生活中的这种空间设计，以及家具的使用状况。

"衣上酒痕诗里字"，晏幾道和朋友告别时，吃饭、喝酒，酒滴到了衣服上，但不容易被发现，干了以后往往也看不出来。可是滴上的酒会渗透，"酒痕"其实是一种记忆，也寄托了一种深情。"诗里字"是一种形式，可是作者觉得真正感动人的是"衣上酒痕"，因为那里面融入了情感。这里把诗、酒等意象结合在一起。

"点点行行,总是凄凉意","点点行行"可能是在讲酒痕,也可能是在讲诗里的字,这里又变成双关了。无论如何,都是在讲生命中一种凄凉的状态。

"红烛自怜无好计,夜寒空替人垂泪",又回到红烛的意象,回到了夜晚的经验。我一直觉得,其实可以就中国文学里的夜晚经验写一篇很有趣的论文。尤其对男性来讲,白天他扮演了一个社会角色,只有在夜晚会找回自己。我们通过"碧云天,黄叶地",才知道范仲淹作为一个边关司令也会有那么柔软的部分。如果没有这个文学世界,我们也看不到中国男性创作者的两面,即他作为一个社会人的角色和他回来做自己的双重性。

白天的时候,文人们大概都在上朝吵架,可是到了夜晚时分,他会有红烛,会有碧纱秋月,会听到梧桐叶上的雨声。这个夜晚经验是他非常重要的内省经验,也是北宋文人的词的经验。我们为什么会觉得宋朝的文学很好?其实这些人都不是专业文人,严格讲起来他们都是在朝为官的人,只是他们从政治、社会退回到自我的世界里,完成对于自我的寻找,这个时候它会很感人。

庭院深深深几许

可从中看到生命的本相：
花是会凋零的，春天是会过完的

欧阳修是"唐宋八大家"之一，历代也一直认为他开创了宋朝的文风，苏轼等人都是他选拔出来的。他当时非常强调文学的平实性，要摆脱南朝华丽堆砌典故以及造作的风气，恢复文学的自然。

当然，韩愈和柳宗元在唐朝时已经提倡过这样的风气了，可是在"唐宋八大家"当中，韩、柳还是有很大的"文以载道"的使命感。而欧阳修之所以能够开启宋朝一代文风，是因为他觉得"文以载道"的意义可以扩大到平实，不见得一定要谈"师说"、谈"解惑"才是"文以载道"。读柳宗元的《捕蛇者说》《种树郭橐驼传》，会发现他都不是在讲山水或者树木，他是在讲政治，政治的导向还是太强了，而欧阳修则在文学的政治使命感之外加入了对生活的使命感。

欧阳修的《醉翁亭记》写得真是漂亮，他就在那里喝醉了，然后讲自己醉的经验。我们设想，如果"醉翁亭"盖好，韩愈在现场的话，他大概会写怎么了解民间疾苦；柳宗元在场，他可能会以隐喻的方式去传达关于生命的阶级性的内容。可是欧阳修没有，他就是一清如水：我是一个爱喝酒的老翁，因为大家说这个亭子还没有名字，而我在这边喝醉了，那就叫"醉翁亭"吧。

《醉翁亭记》一派天真，这"天真"当然有它的时代背景。"澶渊之盟○"以后，宋辽两国有一百多年的和平，所以文人们会比较从容，没有那么大的压迫感，不觉得拿起笔来一定要像范仲淹一样讲"先天下之忧而忧"。欧阳修觉得老百姓都过得蛮好了，也就写出了相对轻松的《醉翁亭记》。

　　大家从下面几首欧阳修的作品里可以感觉到一种平实，没有官僚气，下笔非常轻松自然。下面这首欧阳修的《蝶恋花》，也有人认为是冯延巳的作品。

蝶恋花

庭院深深深几许？杨柳堆烟，帘幕无重数。玉勒雕鞍游冶处，楼高不见章台路。　雨横风狂三月暮，门掩黄昏，无计留春住。泪眼问花花不语，乱红飞过秋千去。

　　"庭院深深深几许"，琼瑶有部小说就叫《庭院深深》，可见她有多少灵感是从宋词里面出来的。三个"深"字连用，以叠字的方法，把空间感推出来，感觉有一个在庭院当中深入进去的空间。如果描述西方的空间感，很难这样连用三个"深"字，凡尔赛宫一眼就看到尽头了。如果用"深深深"，多半是中国的建筑——一进、二进、三进……它是相互隔开

○澶渊之盟，北宋与辽国的和平盟约。景德元年(1004)，辽国20万大军南下，进攻宋朝。宋真宗御驾亲征，士气大受鼓舞。辽军主将被宋军射死，士气一落千丈，处境不利。最终双方签订盟约：宋朝每年给辽银10万两，绢20万匹；宋辽为兄弟之国，辽圣宗称真宗为兄，等等。澶渊之盟结束了宋辽数十年来的战争状态，开启了两国之间长达一百多年的和平局面，对双方社会经济文化的发展都产生了不容低估的积极作用。

的，而且中间一定有花厅、屏风遮挡，才叫作"深深深"。如果到古典园林走一下，就会了解到这些词是在怎样的建筑文化里出来的，它有很多柳暗花明又一村的感觉，和西方的空间感非常不同。

"杨柳堆烟，帘幕无重数"，"帘幕"就是我们刚才讲的在空间感中造成"深"的意境的东西。其实空间不见得"大"，可是用帘、用幕之后，在感觉上它就会变大，因为后面似乎无尽，这是一种手法。

"玉勒雕鞍游冶处，楼高不见章台路"，"章台路"本是汉代妓院所在，作为官员的欧阳修就这样直接写出来了，一点都不避讳他去的就是这样的地方。可是我们看到的却并不完全是沉溺于感官的，甚至是堕落的或者鄙俗的描述，相反，会看到他生命经验的提高。

"雨横风狂三月暮"，三月的春天，正是天气变化的时候。"门掩黄昏，无计留春住"，黄昏的时候门关起来，可是无论怎么关着门，怎么不忍心去看外面的百草千花，还是留不住春天，这是对时间的感伤。"泪眼问花花不语"，这里面又产生了一个和"无可奈何花落去"相似的感情延续，可是"无可奈何花落去"比较平淡，而"泪眼问花花不语"很深情。含着眼泪去问花，可是花也没有回答，最后的结论是"乱红飞过秋千去"，那些随风飘散的落花翻过高高的秋千架飞走了。

我们大体可以看到北宋这一代知识分子内心保留着的幻灭情绪。我不觉得这幻灭有什么不好，有权力和财富的人少了这个部分会是粗鄙不堪的。正是在权力和财富当中，他感觉到生命本质的无常，他才会有宽容。我不认为读这样的作品会使人消极、悲观，反而可从中看到生命的本相：花是会凋零的，春天是会过完的。在了解这个本相以后，生命仍有执着，以泪眼问花，它会变成一种深情，而这大概也是宋朝知识分子最迷人的部分。

五代·顾闳中《韩熙载夜宴图》(局部)

白发戴花君莫笑

**他可以自在到仿佛不是一个官员，
而只是一个对生命充满喜悦的人**

我们再看欧阳修流传很广的一首《浣溪沙》。他曾经在扬州为官，这首词中写到了大家春天去西湖游玩的情景。

浣溪沙

堤上游人逐画船，拍堤春水四垂天。绿杨楼外出秋千。　白发戴花君莫笑，六幺催拍盏频传。人生何处似尊前！

上阕对三个景象的描述中，都没有个人主观意见，可是里面有一种喜气。

"白发戴花君莫笑"，欧阳修说："我到这个年纪了，在春天摘了花，戴在自己的白头发上，你不要笑我又老又癫。"这个画面透露出宋朝文人的潇洒，他可以自在到仿佛不是一个官员，而只是一个对生命充满喜悦的人。

"六幺催拍盏频传"，"六幺"自西域传来，是歌曲，也是舞曲，有另外一个译名叫作"绿腰"。《韩熙载夜宴图》中的王屋山跳的舞就是"六幺"。宴会当中常常唱这样的歌，酒杯一直传着，在谁的手上停下来就要罚酒，他们在玩酒令。这个在休闲状态的官员，没有摆出一副官架子，他变成一个非常可爱的老诗人，然后表达出"人生何处似尊前"。人生什么时候会比喝酒时快乐呢？

这首词同样表现了北宋开国的那种升平时代的喜气。五代十国时的词是比较感伤的，例如南唐，因为政治上的无力感，所以它的东西比较哀伤。而到了北宋，喜气就出来了，会有很多适应节庆宴会的快乐歌曲，这首《浣溪沙》就是其一。

把酒祝东风，且共从容

人生的豁达与从容，大概都来自无须去坚持非此即彼，而是能够悠游于生命的变化里

下面这首《浪淘沙》的音节、音调非常美，大家读的时候，可以感受一下用"中东韵"做韵脚的"风""容""东""丛"这几个字。"中东韵"本身有一种共鸣感，可是又不像"江阳韵"那么铿锵，常常让人觉得里面有一种饱满，有一种比较喜气的生命感觉。

浪淘沙

把酒祝东风，且共从容。垂杨紫陌洛城东。总是当时携手处，游遍芳丛。
聚散苦匆匆，此恨无穷，今年花胜去年红。可惜明年花更好，知与谁同？

"把酒祝东风，且共从容"，大家一起拿着酒，在春天吹起的东风里。"从容"很难解释，就是在散步，走来走去在花间玩赏。从容是宋朝最渴望、追求的东西。那是一种自信，有了真正的自信以后，连激情都可以慢慢地细水长流了。"且共从容"一方面是在讲诗人和他这些写词的朋友一起去玩，另一方面是讲生命的状态，即一个宋朝文人生命中的从容经验和雍容大度的感觉。

"……垂杨紫陌洛城东。总是当时携手处，游遍芳丛"，他们珍惜的是"一起去看花"这么平凡的事情。"聚散苦匆匆，此恨无穷"，生命的聚散令人无奈，其实就是"无可奈何花落去"。"此恨"不是说生命被什么事情激发的恨意，而是生命的无常。我们必须知道生命本质的无常，才会去珍惜生命里无常来临前每个片段的美好时刻。这种感伤立刻就可以转成喜气——"今年花胜去年红"，今年的花比去年还要好，"可惜明年

第三章　范仲淹、晏殊、晏幾道、歐陽修

花更好"。他怎么知道？他当然是觉得生命应该会越来越好。"知与谁同？"那个时候会和谁一起去看花呢？

词的结尾非常开阔，"知与谁同？"好像有一点惋惜的意味。大概不是今年一起看花的"你"，因为"聚散苦匆匆"，所以可能是和另外一个人。但和另外一个人也没什么不好，因为不同的只是生命体验，我们可以和不同的人去感受生命的美好，不见得非要执着于原来的经验。

我觉得欧阳修最有趣的地方就是他的豁达。他对苏东坡产生了极大的影响，将唐宋的文学经验转换到一个比较豁达的方向。佛学与老庄的东西也进来了，以往的激情慢慢缓和下来。

扬州有一个"平山堂"，为欧阳修任太守时所建。坐在那里，眼前有一片江南美景。这个"平"字也是欧阳修要追求的，他不要发那么高的音，而是要发一种很平和的声音，不那么费力，有一种从容或者自在的感觉。

人生的豁达与从容，大概都来自无须去坚持非此即彼，而是能够悠游于生命的变化里，耐心地看待某一段时间中我们还没有发现的意义。聚和散是变化，花开花谢是变化，月圆月缺是变化，可是在我们不知道变化的真正意义的时候，会沮丧、感伤，甚至绝望。如果知道它是一个自然过程，为什么还要去感伤呢？这个时候，人就会用一种很豁达的心境去看待这些事物。

富有而不轻浮

时间这样慢慢地过去，
生活中有这么多小小的事件和可爱的东西，
可是又不轻浮

《南歌子》是一首比较调皮的曲调，更接近民间，有点通俗。欧阳修的这首词作中用了很多类似于民谣当中调情的对话。

南歌子○

凤髻金泥带，龙纹玉掌梳。走来窗下笑相扶，爱道："画眉深浅入时无。"
弄笔偎人久，描花试手初。等闲妨了绣功夫，笑问："鸳鸯两字怎生书？"

"凤髻金泥带"，一开始就在描述女子头发的样式。"金泥带"和"龙纹玉掌梳"都是发髻上的装饰。"走来窗下笑相扶"，它的画面性是可以拍成电影的，我们能感觉到这个女子对夫君的那种亲切和她的神态。"爱道"两个字用得极好，和下阕的"笑问"都带着一种俏皮。"爱道：'画眉深浅入时无。'"作者用了一个典故，唐朝朱庆馀为了试探主考官是否赏识他的文章，便献上《近试上张籍水部》（　作：《近试上张水部》）一诗："洞房昨夜停红烛，待晓堂前拜舅姑。妆罢低声问夫婿，画眉深浅入时无？"欧阳修则直接用来表现夫妻之情，这个女子问她的夫

○《南歌子》，又名《十爱词》《水晶帘》《南柯子》《春宵曲》等。词牌，本唐教坊曲名。有单调、双调二体：单调二十三或二十六字，平韵；双调五十二、五十三或五十四字，有平、仄韵二体。

君:"眉毛画得怎么样,要不要改一改?"

"弄笔偎人久",好像要描个花样,可是又好像不愿意做,一直靠在人身上撒娇,很亲密。"描花试手初",她在试着描画要刺绣的花样。"等闲妨了绣功夫",岳飞的《满江红》里写道"莫等闲,白了少年头",很悲壮,可是绣花这件事情没有那么严重,今天绣或者明天绣都无所谓。

能够写出这样的词的人非常幸福,因为绝对是在升平时代,没有战争,经济非常繁荣,才能写出这样的词来。时间这样慢慢地过去,生活中有这么多小小的事件和可爱的东西,可是又不轻浮,富有而不轻浮是非常难的事情,北宋的生活有自己的品位。

这些文人内心其实有一种无常感,所以在生活里面会有一种深沉。"等闲妨了绣功夫,笑问:'鸳鸯两字怎生书?'"问男子"鸳鸯"两个字到底怎么写,这当然是一语双关。一方面大概真的不好写,可是另一方面,"鸳鸯"两个字又有调情的成分。

这首词有很高的戏曲性,其中一些词句非常像戏剧里面的动作、表情,欧阳修把很多语调和对动作的模仿都写出来了。像《西湖三塔记》和口语化的《灯录》(一作:《传灯录》),在宋朝都出现了。这个时期有了很多民间戏曲、小说的描绘,这首词也不只是一个诗句的形式,人物角色都开始出现了。从这首《南歌子》,大家可以感觉到文学的形式在欧阳修笔下有了很大变化。

人生自是有情痴，
此恨不关风与月

要看到生命的真相，就不能只是看到花开，
也要看到花落

我们再看下一首《玉楼春》。

玉楼春

尊前拟把归期说，欲语春容先惨咽。人生自是有情痴，此恨不关风与月。
离歌且莫翻新阕，一曲能教肠寸结。直须看尽洛城花，始共春风容易别。

"尊前拟把归期说"，喝着酒和朋友告别，很想告诉他回来是什么时候，可是"欲语春容先惨咽"，大概要分别蛮久的，所以还没有讲就已经有点泣不成声。

"人生自是有情痴，此恨不关风与月"，这个句子会在后来传唱不已，是因为它抓到了既通俗又是真理的东西。欧阳修自我解嘲说"人生自是有情痴"，说人生中对于情感的执着没有什么道理好讲。在男性夫权、父权文化里，男性并不敢表现这个部分，可是宋朝很奇特，竟然觉得它是可以被解嘲的。"此恨不关风与月"，人的情感本与自然界的风、月无关。

"离歌且莫翻新阕，一曲能教肠寸结"，词的段落叫"阕"，"翻新阕"就是把旧的歌填上新的词。诗人用了通俗的民间语言去讲情感的纠缠，讲情感的不能释怀。"肠寸结"这种非常民间的文字，直接被文人用在词当中，这就是词可爱的部分。

"直须看尽洛城花，始共春风容易别"，把个人的情感在告别的时

候扩大,在"肠寸结"的绝望下走出去,看看整个洛阳城的花。所有的花都会开,可是也都会凋落,"始共春风容易别"其实是说要看到生命的真相,就不能只是看到花开,也要看到花落。

欧阳修对整个宋朝的文风有非常大的影响,我们会发现苏轼的作品也都有一种自然与直接,不会陷在绝对的哀愁当中。

天赋与轻狂

欧阳修将"轻狂"视作生命里面一种放松的、暂时离开规矩的状态

我们再看《望江南》。

望江南

江南蝶,斜日一双双。身似何郎全傅粉,心如韩寿爱偷香,天赋与轻狂。
微雨后,薄翅腻烟光。才伴游蜂来小院,又随飞絮过东墙,长是为花忙。

一般人对于"轻狂"两个字,大概不会持很正面的看法。在这里,欧阳修将"轻狂"视作生命里面一种放松的、暂时离开规矩的状态。

"江南蝶,斜日一双双。身似何郎全傅粉……",欧阳修借由典故来谈美。三国的何晏皮肤很白,上朝的时候皇帝怀疑他涂了粉,就在大热天赐他吃热汤面。何晏吃了以后满身大汗,就用袖子擦脸,结果仍然面如冠玉,皇帝才相信这人真是个美男子。韩寿也是一个美男子,史书上说他"美姿貌,善容止",晋一位女子贾午因爱恋韩寿,所以偷了父亲贾充的西域香料送给韩寿。"何郎傅粉""韩寿偷香"这两个典故,都是在讲男子的美与情。欧阳修在这里没有任何责备的意思,反而觉得这是天生的轻狂,并用以形容蝴蝶的美。

"微雨后,薄翅腻烟光",在微微的细雨后,夕照让蝴蝶的翅膀透出一层淡淡的光。在北宋词里,连这样的细节都是可以看到的,诗人把这样一个视觉经验写出来了。"才伴游蜂来小院",刚刚蝴蝶跟着蜜蜂来到小院,"又随飞絮过东墙",又随着柳絮飞过了东墙,"长是为花忙"。整首词都在讲一只蝴蝶的游荡和美丽,有点像我们的一首老歌《紫丁香》,里面就是这样的调子,北宋词真的很有当时流行歌曲的感觉。

行人更在春山外

这种心灵上的空间感告诉我们，
执着与激情要回归到更大的空间上去平缓下来

我们再看下面一首《踏莎行》。

踏莎行

候馆梅残，溪桥柳细，草薰风暖摇征辔。离愁渐远渐无穷，迢迢不断如春水。　寸寸柔肠，盈盈粉泪，楼高莫近危阑倚。平芜尽处是春山，行人更在春山外。

这也是一首关于告别的词，从风景讲起。梅花残了，溪桥旁边的柳树细细的。"草薰风暖"，已是初春，"征辔"是马身上的配件，这是一匹要离别的马。"离愁渐远渐无穷，迢迢不断如春水"，分开得越远，离愁越无法穷尽，就如长流不绝的春水一般。

"寸寸柔肠，盈盈粉泪，楼高莫近危阑倚"，宋朝文人经常被外放，到不同的地方做官，认识不同的人，所以常常在告别。他们常常把人生的这种流浪以一种深情的方式进行描写。因为曾经有过"携手游芳丛"那样的经验，告别的时候才会"寸寸柔肠，盈盈粉泪"。"平芜尽处是春山，行人更在春山外"，在楼上一直眺望着想看的人，可是因为渐行渐远，最后看不见了。

山水画至北宋益趋成熟，形成了一种新的空间感，这种空间感让我们发现思念的情绪是有极限的，所以无论如何努力，都不可能追求到最远的地方。在张若虚的《春江花月夜》里，思念到最后变成"愿逐月华流照君"，他希望自己跟着月光，去照耀千里万里之外的另一个人。可是在北宋词里，欧阳修认为那个人已经看不见了，而看不见才是真相。因为再怎么看，也只能看到春天的山，要看的人却在山的另一边。这种心灵上的空间感告诉我们，执着与激情要回归到更大的空间中去平缓下来。

率性令生命优美

宋朝的文化会正视青春和衰老，不会刻意地去隐瞒衰老

我们最后来看一首欧阳修的《朝中措》。

> 朝中措
> 送刘仲原甫出守维扬
> 平山阑槛倚晴空，山色有无中。手种堂前垂柳，别来几度春风。　文章太守，挥毫万字，一饮千钟。行乐直须年少，尊前看取衰翁。

"平山阑槛倚晴空，山色有无中"，"平山"就是扬州平山堂，欧阳修在堂中看到远远的山色在有与无之间，"有"与"无"都是山的真实状况，这里直接用了王维《汉江临眺》的句子："江流天地外，山色有无中。""手种堂前垂柳"，平山堂是欧阳修经营出来的一块地，前面的柳树也是他自己种的。"别来几度春风"，他已经离开平山堂到别的地方做官，此时又忆起在扬州的生活。

下面这一段非常有趣。"文章太守，挥毫万字，一饮千钟"，完全是自叙：一个喜欢写文章的太守，下笔挥毫万字，饮酒千盅。"行乐直须年少，尊前看取衰翁"，他跟旁边的人说："你们现在这么年轻，要珍惜，要及时行乐，如果不珍惜，就看看我已经老成什么样子了。"这其实

○《朝中措》，又名《照江梅》《芙蓉曲》《梅月圆》。词牌名，调见宋欧阳修《六一词》。双调，四十八字，平韵。

是一种自嘲。从中我们可以看到,宋朝的文化会正视青春和衰老,不会刻意地去隐瞒衰老。

欧阳修这种率性的词作,在他整个生命形式里显得非常优美,也影响了苏轼。

第四章

柳永

蒋勋说宋词 上
从李煜到范仲淹

才子词人,自是白衣卿相

生命价值没有简单到由一个考试就定论了,
每一个生命应该拥有他自己可以决定的东西

北宋这些词人,包括苏轼、柳永,他们的可爱在于他们觉得人是不同的,没有人规定我们一定要和别人一样,所以"回来做自己"这件事情是非常重要的。在柳永的作品里,我选了《鹤冲天》,在我自己的集子《今宵酒醒何处》里,我引用过这首词。在中国古代那么长久的科举制度当中,人们永远在用考试结果去断定自己在社会里的价值和优劣。不只是考生个人,整个社会也觉得考试会决定其一生。这首《鹤冲天》写的其实是一个落榜小子的心声。

鹤冲天 ○

黄金榜上,偶失龙头望。明代暂遗贤,如何向?未遂风云便,争不恣狂荡?何须论得丧。才子词人,自是白衣卿相。 烟花巷陌,依约丹青屏障。幸有意中人,堪寻访。且恁偎红翠,风流事,平生畅,青春都一饷。忍把浮名,换了浅斟低唱!

"黄金榜上,偶失龙头望",柳永去考进士,发榜后发现自己竟然没有考取,还说自己是偶然没有考取、没有被选上。

接下来他说"明代暂遗贤",即使是很开明的时代,科举考试也会对

○《鹤冲天》,词牌名,调见宋柳永《乐章集》。双调,八十四、八十六或八十八字,仄韵。此调与《喜迁莺》《春光好》之别名《鹤冲天》者不同。

第四章 柳永

贤才有所遗漏,无法做到"野无遗贤"。这句其实是对自信的找回,生命价值没有简单到由一个考试就定论了,每一个生命应该拥有他自己可以决定的东西。诗人进一步说"如何向",这该怎么办呢?竟然连我这样的人都被遗漏了。柳永在一步一步地对没有考取这件事进行调侃。

考取即是直上青云,"未遂风云便"是说机遇不佳。他没有说自己不好,只是觉得没有那么顺利,表现了一种自信。"争不恣狂荡",那好吧,我没考取,那就到处去玩一玩,比较自由,无拘无束。在现今被视为负面的"轻狂""狂荡",在宋朝的词作当中竟然是正面的生命描述。

"何须论得丧",考不上哪有那么严重?生命为什么要讲得失这种问题,有所得的时候,一定有所失,这也是对自己的安慰。"才子词人,自是白衣卿相",柳永自认是一个才子,词写得极好,穿的虽然是普通老百姓的衣服,可是身份大概和一品官差不多。这一句既让我们看到柳永对自己生命的自信,也让我们感到他是一个在民间拥有广大听众的"歌手"。在词的历史当中,"凡有井水处,即能歌柳词",只要有井水的地方,人们都在唱柳永的词,你看他多红。我不把他当成一个狭义的文学创作者或者诗人看待,他的歌在民间流传,被大家喜爱,而且他对此是很得意的。也许他今天会说:"不拿博士,要做歌手。"

这个人虽然落榜了,可是他有另外的生命价值,所以他才会说:"何须论得丧。才子词人,自是白衣卿相。"更重要的是他的作品仍会大大流传,他表现出不同的价值观和生命的意义。

柳永喜欢和歌伎、乐工在一起。他最好的朋友不一定是读书人,也不是知识分子。他和酒楼上的歌女一起填词,也让这些人演唱自己的作品。"烟花巷陌,依约丹青屏障",风月场中摆放着丹青画屏,这是歌伎居住的地方。"幸有意中人,堪寻访",一个落榜的人,如果尚有一个所爱的人等着他,我想他大概不会太沮丧。

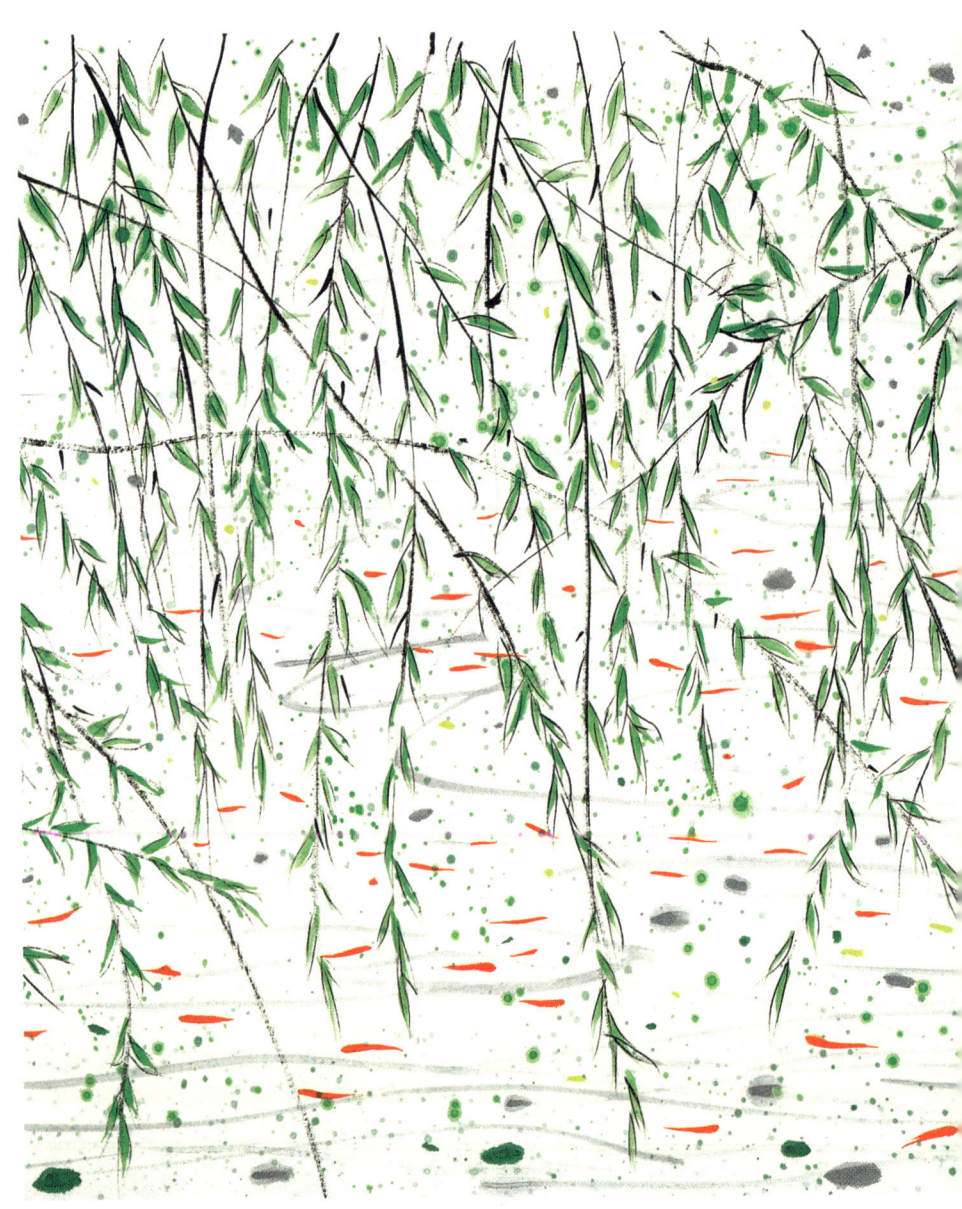

第四章　柳永

"且恁偎红翠",多么直接,完全是白话,他要和自己穿红戴绿的"意中人"整天靠在一起。由于柳永很晚才中进士,一度只是个"大众歌手",很多人说柳词鄙俗,他的作品的文学价值被贬低了。当时人喜欢欧阳修、范仲淹、王安石,大概也不是懂诗词,只因为这些人是高官。可是柳永没有这个条件,喜欢他的全部是普通大众,做诗人做到这样真的很过瘾。我一直觉得"凡有井水处,即能歌柳词"是文学评论上最了不起的一句话,比什么人夸他都好。

"风流事,平生畅",可以和这些女孩子在一起很浪漫地过一生,这是平生最快乐的事情。柳永后来被士大夫阶层排斥,也没有做过大官,只做过小小的屯田员外郎,所以大概整个士大夫阶层都引他为鉴,认为这不是一个典范人物。

接下来这句非常美:"青春都一饷。""饷"就是"晌",我们讲过李煜的"梦里不知身是客,一晌贪欢","一晌"是很短的时间。既然青春这么短,何必耗费在考试上,去背诵那些对生命没有意义的东西呢?"忍把浮名,换了浅斟低唱",为什么非要考取这个浮名?它不过是个虚无的东西。他宁可把准备考试的时间拿来跟女孩子一起填词,一起"浅斟低唱",喝酒,唱歌。相传后来连宋仁宗都知道了,虽然柳永再次参加科举并考取,但在胪唱^〇时,皇帝把他的名字涂掉了,并且说:"此人花前月下好浅斟低唱,何用浮名。"并在试卷上批上"且填词去"。这个皇帝是不是有点小家子气?

〇科举时代,殿试之后,皇帝传旨召见新考中的进士,依次唱名传呼,叫"胪唱",也叫"传胪""胪传"。《赵宾旸唐师善见和涌金城望次韵三首》中有:"胪唱曾叨殿上传,末班遥望御炉烟。"

第四章　柳永

宋朝统治者比较好的一点是，他虽然讨厌柳永，但不会杀柳永，只是不录取罢了，所以柳永就自称"奉旨填词柳三变"。后来他又去考试，结果考取了。他没有被科举压死，也没有觉得非要通过科举来决定生命的全部意义。一个生命的可能性这么大，为什么非要被限定在一个狭窄的范围里呢？柳永的可爱，就在于他敢于做与世俗不同的、另类的，或者说有一点颠覆性的人，他可以从自己的生命出走，走出自己的一条路。

柳永后来穷困潦倒，死后，那些仰慕他的歌伎和乐工集资埋葬了他。后来还形成了一个民间习俗叫作"吊柳七"，就是清明节那一天到他的坟上祭扫。由此可见这个人在民间被喜爱的程度。

"慢词"自柳永开始

他的思念太多,是由于他到处流浪,
思念和流浪之间产生了矛盾

我们下面要介绍柳永的《八声甘州》《蝶恋花》和《雨霖铃》,其中的《八声甘州》和《雨霖铃》都是所谓的"慢词"。文学史上常常说慢词是自柳永开始。什么叫慢词?五代词多是小令,早期的北宋词也是小令,到了柳永,开始发展出可以铺叙开来的比较长的词,我们把它叫作"慢词"。"慢"既包括音律上的缓慢,也包括反复的结构的壮大。慢词的出现在整个词的历史当中是一个非常大的改变,影响到后来戏曲的发展,因为它可以叙事、铺排了。由于字数的限制,五代和北宋早期的词都有非常精致的句子,但不太能够形成大的篇章。可是《八声甘州》里面就有一种大气的铺排感。

八声甘州

对潇潇暮雨洒江天,一番洗清秋。渐霜风凄紧,关河冷落,残照当楼。是处红衰翠减,苒苒物华休。惟有长江水,无语东流。　不忍登高临远,望故乡渺邈,归思难收。叹年来踪迹,何事苦淹留?想佳人妆楼颙望,误几回、天际识归舟。争知我,倚阑干处,正恁凝愁!

这首《八声甘州》是苏轼很喜欢的作品。苏轼评价,都说柳永的词鄙俗,但"渐霜风凄紧,关河冷落,残照当楼"这句,却是"不减唐人高处",这是苏轼对柳永很高的评价。从这里可以看到一个好的创作者会赏识另外一个好的创作者,虽然苏轼和柳永无论在个性还是主要的创作风格上都很不同,可是苏轼却非常欣赏柳永。这首《八声甘州》在柳永的词当

第四章　柳　永

中最受赞赏，与苏东坡的评价有很大关系。足够自信，才能欣赏他人。

"对潇潇暮雨洒江天，一番洗清秋"，秋天的黄昏，潇潇的雨从天空中洒落到江面上。"渐霜风凄紧，关河冷落，残照当楼"，非常精彩的地方在于用一个"渐"字带出三个连句，好像是电影里的蒙太奇画面，把告别时那种肃杀的感觉整个表现出来了。

"是处红衰翠减，苒苒物华休"，我们很少用"衰"去形容"红"，红色衰败了，绿色减少了，其实是在讲秋天花凋落了，叶子也掉了，他用的是民间流行歌曲中那些活泼的字。所以我们完全可以从流行歌曲的角度去看柳永这个人，看他用字的特殊，以及他对于后面我们将要讲到的跨越北宋、南宋的女词人李清照的影响。

"不忍登高临远，望故乡渺邈，归思难收"，离家很远，可是又想家，没有办法抑制自己对家的思念，所以不敢登高临远。"叹年来踪迹，何事苦淹留？"他自己也有些感叹：自己这么多年来到处流浪漂泊，这样子折磨自己，到底是为了什么？后来的元曲当中很多用到"淹留"，有"羁留""逗留"的意思。

我们从这首《八声甘州》中可以看到柳永的词里有非常强的"流浪意识"。流浪是五代词到北宋词的一个传统内容，可是柳永的流浪变成了一个更大的生命形式的流浪。他真的是常年漂泊，在不同的地方帮人家填词、写曲赚一点钱，是一个"大众歌手"或者是填词者的角色。

"想佳人妆楼颙望"，还是想念那个女子，这个女子可能会在楼上眺望，思念他，希望他回来。"误几回、天际识归舟"，好几次都误以为他回来了，到船接近时才发现不是柳永的。柳永的情感状态和苏轼的"多情却被无情恼"其实不太一样，他有一点沉溺在多情里，觉得多情是自己生命的美好形式，同时也是对方生命的美好形式。当然，由于他来往的对象大概多是酒楼女子，所以情感和苏轼写给妻子的《江城子》其实还是很不同的。

"争知我，倚阑干处，正恁凝愁！"这位佳人每次都误以为柳永要回来，却总是失望，大概也有一点恼怒，有一点抱怨。可是柳永说她一定不知道，自己不管在天涯海角，也是倚靠着栏杆正在发愁。所以这里面写的是双重的思念，他的思念太多，是由于他到处流浪，思念和流浪之间产生了矛盾。我们继续看他下面的词时，会越来越清楚他的流浪和思念、眷恋形成的拉扯力量。

衣带渐宽终不悔，
为伊消得人憔悴

到最后发现他慵懒、疏狂、无味，
是因为他爱上了一个人

我们来看柳永的这首《蝶恋花》。

蝶恋花

伫倚危楼风细细，望极春愁，黯黯生天际。草色烟光残照里，无言谁会凭阑意。拟把疏狂图一醉，对酒当歌，强乐还无味。衣带渐宽终不悔，为伊消得人憔悴。

上阕比较像欧阳修的词作，描述一个人倚靠在楼边，感觉到风，还特别讲到草色，草上面烟和光的变化是非常细腻的。"倚阑""凭阑"都是北宋词里面经常出现的，体现了人与建筑空间的关系——栏杆给了身体语言一种空间感。

"拟把疏狂图一醉，对酒当歌，强乐还无味"，感觉到自己的生命其实有一点颓废，有一点疏懒，还有一点狂放，他想好好去喝喝酒，可是对着酒想要唱歌的时候，又好像打不起精神来。柳永词当中有一种奇特的慵懒，那种慵懒让我们感觉到又把五代词的颓废拉出来了。他所谓的"慢词"的书写，其实来自这心境上的一点慵懒。

"衣带渐宽终不悔，为伊消得人憔悴"，这是王国维说的人生的第二个境界。柳永在前面讲了半天，我们不知道他的意图是什么，到最后发现他慵懒、疏狂、无味，是因为他爱上了一个人。为了爱那个人，他越来越瘦，越来越憔悴，但并不后悔，这变成了他自己生命形式的执着。

今宵酒醒何处

"醒"在哲学上常常代表一种生命的领悟，代表一个生命从迷茫走向清醒的状态

我们最后看他这首《雨霖铃》，这大概是柳永被传诵最久，也是最好的作品之一。

雨霖铃❍

寒蝉凄切，对长亭晚，骤雨初歇。都门帐饮无绪，留恋处，兰舟催发。执手相看泪眼，竟无语凝噎。念去去，千里烟波，暮霭沉沉楚天阔。　　多情自古伤离别，更那堪，冷落清秋节！今宵酒醒何处？杨柳岸，晓风残月。此去经年，应是良辰好景虚设。便纵有千种风情，更与何人说？

"寒蝉凄切，对长亭晚，骤雨初歇"，初秋的蝉叫作寒蝉，鸣音非常凄凉，疏疏落落的。作者要和朋友在长亭告别，刚刚雨过天晴。"都门帐饮无绪"，古代有个习惯，在郊外送别朋友时，常常会搭一个帐篷在里面喝酒，叫作"帐饮"。"留恋处，兰舟催发"，两个人依依不舍，可是船夫一直在催促，说赶紧上船，船要走了。"执手相看泪眼，竟无语凝噎"，两个人手握着手，看着对方含着泪的眼睛，哽咽得说不出话来。"念去去，千里烟波，暮霭沉沉楚天阔"，心里想这一走，这船一出发

❍《雨霖铃》又作《雨淋铃》，词牌名，本为唐玄宗时教坊大曲，后用为词调。双调，一百零三字，仄韵。

后，就是千里浩渺的烟波，在黄昏的光线当中大概要一直往南方去了。几句话让人感觉到生命的茫然和空阔，而那些眷恋的情绪也似乎随之消散。

"多情自古伤离别，更那堪，冷落清秋节"，自古以来那些敏感多情的人，大概最怕离别的伤感，更何况是在秋天这么荒凉的季节里告别。

下面是柳永的名句："今宵酒醒何处？"刚才告别的时候喝了很多酒，今天会在哪里醒过来？这是一个问句，有大量的流浪意识在里面。他可能是在讲自己这一次醉酒在哪里醒来，也可能在讲生命此后究竟要漂流到哪里去，其实这是宗教式的问答。"醒"在哲学上常常代表一种生命的领悟，代表一个生命从迷茫走向清醒的状态。

"杨柳岸，晓风残月"，意象又变了，长满杨柳的岸边，早上的风轻轻吹来，天上还有未沉下去的月亮。有没有发现这是一个画面？我们会发现"今宵酒醒何处"的答案，竟然是"杨柳岸，晓风残月"。名句常常是主观与客观的交融，产生出这么美的一个意象。我们自己好像也有这样的感受，有一天，把很多执着放松了，不在意自己在哪里醒来，能够随时随地欣赏"杨柳岸，晓风残月"，生命大概才能找回失去的东西。"杨柳岸，晓风残月"是随时都有的，它只是一个代号，可以是任何东西。

"此去经年，应是良辰好景虚设"，与心爱的人告别之后，还有这么长的岁月，即使天气很好，即使有美好的风景，大概也都没有用了。"便纵有千种风情，更与何人说？"即使心里有这么深的情感，大概也没有什么人可以说了，这是诗人和自己那么眷恋的人告别时的心事。

可是我相信，柳永在第二天又会发现另外一个人，又会向那个人倾吐心事。他一直在流浪当中，一直在寻找生命中的知己。大家可以通过这些视角，看到北宋词与唐诗不同的、很特殊的生命情调。北宋词与我们后面要讲的南宋词也不同，南宋词既有更精细的东西，也有像辛弃疾那样的慷慨和悲壮。

附录

虞美人①

李 煜

春花秋月何时了②？往事知多少。小楼昨夜又东风，故国③不堪回首月明中。雕栏玉砌④应犹在，只是朱颜改⑤。问君能有几多愁？恰似一江春水向东流。

（入选人教版高中语文选修教材《中国古代诗歌散文欣赏》）

[注释]

①选自詹安泰《李璟李煜词》（人民文学出版社1958年版）。虞美人，词牌名。李煜（yù）（937—978），字重光，南唐中主李璟之子，公元961年嗣位，史称南唐后主，在位15年。李煜通晓音律，善诗文，能书画。开宝八年（975）南唐都城金陵被宋兵攻破，李煜被押解北上，软禁为囚，不久被宋太宗毒死。这首词作于南唐覆亡后，李煜被软禁于北宋首都东京（今河南开封）时期，表达了作者对故国的深切怀念。相传七夕之夜，他在寓中命歌伎唱此词，宋太宗知道后，赐酒将他毒死。②了：了结，终止。③故国：指南唐故都金陵（今南京）。④雕栏玉砌：雕花的栏杆和玉石的台阶，代指南唐的宫殿。⑤只是朱颜改：只是宫女们都老了。朱颜，红颜，少女的代称，这里指南唐旧日的宫女。

浪淘沙

李 煜

帘外雨潺潺①，春意阑珊②。罗衾不耐③五更寒。梦里不知身是客，一晌④贪欢。　独自莫凭栏⑤，无限江山，别时容易见时难。流水落花春去也，天上人间。

（入选人教版高中语文选修教材《中国古代诗歌散文欣赏》）

[注释]

①潺潺：细雨淅沥的声音。②阑珊：凋残的样子。③罗衾：丝绸的锦被。不耐：经不住。④一晌：一会儿，很短的时间。⑤凭栏：倚着栏杆（远眺）。

天净沙·秋思①
马致远②

枯藤老树昏鸦③，小桥流水人家，古道西风瘦马。夕阳西下，断肠④人在天涯⑤。

（入选部编版语文教科书七年级上册）

[注释]

①选自《全元散曲》（中华书局1981年版）。天净沙，曲牌名。思，思绪。②马致远（约1251—1321以后），号东篱，一说字千里，大都（今北京）人，元代戏曲作家、散曲家。③昏鸦：黄昏时将要回巢的乌鸦。④断肠：形容悲伤到极点。⑤天涯：天边，指远离家乡的地方。

岳阳楼记①
范仲淹

庆历四年②春，滕子京谪守巴陵郡③。越明年④，政通人和⑤，百废具⑥兴。乃重修岳阳楼，增其旧制⑦，刻唐贤今人诗赋于其上，属⑧予作文以记之。

予观夫巴陵胜状⑨，在洞庭一湖。衔远山，吞长江，浩浩汤汤⑩，横无际涯⑪，朝晖夕阴⑫，气象万千，此则岳阳楼之大观⑬也，前人之述备矣⑭。然则⑮北通巫峡，南极潇湘⑯，迁客⑰骚人⑱，多会于此，览物之情，得无异乎⑲？

若夫⑳淫雨㉑霏霏㉒，连月不开㉓，阴风怒号，浊浪排空㉔，日星隐曜㉕，山岳潜形㉖，商旅不行，樯倾楫摧㉗，薄暮冥冥㉘，虎啸猿啼。登斯楼也，则有去国怀乡，忧谗畏讥㉙，满目萧然，感极而悲者矣。

至若春和景㉚明，波澜不惊㉛，上下天光，一碧万顷㉜，沙鸥翔集㉝，锦鳞㉞游泳，岸芷汀兰㉟，郁郁㊱青青。而或长烟一空㊲，皓月千里，浮光跃金㊳，静影沉璧㊴，渔歌互答，此乐何极㊵！登斯楼也，则有心旷神怡，宠辱偕忘㊶，把酒临风㊷，其喜洋洋者矣。

　　嗟夫！予尝求㊸古仁人㊹之心，或异二者之为㊺，何哉？不以物喜，不以己悲㊻，居庙堂之高㊼则忧其民，处江湖之远㊽则忧其君。是进亦忧，退亦忧。然则何时而乐耶？其必曰"先天下之忧而忧，后天下之乐而乐"乎㊾！噫！微斯人，吾谁与归㊿？时六年九月十五日。

（入选部编版语文教科书九年级上册）

[注释]

①选自《范仲淹全集》（凤凰出版社2004年版）。岳阳楼，湖南岳阳西门城楼，扼长江，临洞庭。始为三国时吴国都督鲁肃训练水师时构筑的阅兵台。唐开元四年（716）在阅兵台旧址建楼。唐宋以后此楼多次重修，现存建筑为清同治六年（1867）建。范仲淹（989—1052），字希文，谥号文正，苏州吴县（今江苏苏州）人，北宋政治家、文学家。有《范文正公集》传世。②庆历四年：公元1044年。庆历，宋仁宗赵祯的年号（1041—1048）。本文结尾"时六年"，指庆历六年（1046）。③滕子京谪（zhé）守巴陵郡：滕子京被贬官到岳州做知州。滕子京（991—1047），名宗谅，字子京，范仲淹的朋友。谪守，因罪贬谪流放，出任外官。巴陵郡，古郡名，今湖南岳阳。④越明年：到了第二年，就是庆历五年（1045）。越，到。⑤政通人和：政事顺利，百姓和乐。⑥具：同"俱"，全、皆。⑦增其旧制：扩大它原有的规模。制，规模。⑧属：同"嘱"，嘱托。⑨胜状：胜景，美景。胜，美好。⑩浩浩汤（shāng）汤：水势浩大的样子。⑪横无际涯：宽阔无边。际涯，边际。⑫朝晖夕阴：早晚阴晴明暗多变。晖，日光。⑬大观：壮丽景象。⑭前人之述备矣：前人的记述很详尽了。前人之述，指上面说的"唐贤今人诗赋"。⑮然则：如此……那么。⑯南极潇湘：南面直到潇水、湘水。潇水是湘水的支流，湘水流入洞庭湖。极，至、到达。⑰迁客：被降职到外地的官员。迁，贬谪、降职。⑱骚人：战国时屈原作《离骚》，因此称屈原或《楚辞》作者为"骚人"。后泛指文人。⑲览物之情，得无异乎：看了自然景物而触发的感情，恐怕会有所不同吧？得无，表推测。⑳若夫：用在一段话开头，以引起下文。下文的"至若"用法与

此相同。㉑淫雨：连绵不断的雨。㉒霏（fēi）霏：雨雪纷纷而下的样子。㉓开：指天气放晴。㉔排空：冲向天空。㉕日星隐曜（yào）：太阳和星星隐藏起光辉。曜，光芒。㉖山岳潜形：山岳隐没在阴云中。㉗樯（qiáng）倾楫（jí）摧：桅杆倒下，船桨断折。倾，倒下。摧，折断。㉘薄暮冥冥：傍晚天色昏暗。冥冥，昏暗。㉙去国怀乡，忧谗畏讥：离开国都，怀念家乡，担心被说坏话，惧怕被批评指责。国，指国都。㉚景：日光。㉛波澜不惊：湖面平静，没有风浪。㉜上下天光，一碧万顷：天色湖光相接，一片青绿，广阔无际。万顷，极言广阔。㉝翔集：时而飞翔，时而停歇。集，停息。㉞锦鳞：美丽的鱼。鳞，代指鱼。㉟岸芷（zhǐ）汀（tīng）兰：岸上与小洲上的花草。芷，白芷。汀，小洲。㊱郁郁：形容草木茂盛。㊲长烟一空：大片烟雾完全消散。一，全。㊳浮光跃金：浮动的光像跳动的金子。这是写月光照耀下的水波。㊴静影沉璧：静静的月影像沉入水中的玉璧。这是写无风时水中的月影。璧，圆形的玉。㊵何极：哪有尽头。㊶宠辱偕忘：荣耀和屈辱一并忘掉。偕，一起。㊷把酒临风：端着酒，迎着风。把，持、执。㊸求：探求。㊹古仁人：古代品德高尚的人。㊺或异二者之为：或许不同于以上两种表现。或，或许，也许，表示委婉的语气。㊻不以物喜，不以己悲：不因外物和自己处境的变化而喜悲。㊼居庙堂之高：处在高高的朝堂上，意思是在朝廷做官。庙堂，指朝廷。下文的"进"，即指"居庙堂之高"。㊽处江湖之远：处在僻远的江湖间，意思是被贬谪到边远地区做地方官。下文的"退"，即指"处江湖之远"。㊾其必曰"先天下之忧而忧，后天下之乐而乐"乎：大概一定会说"在天下人忧之前先忧，在天下人乐之后才乐"吧。先，在……之前。后，在……之后。㊿微斯人，吾谁与归：如果没有这种人，我同谁一道呢？微，如果没有。谁与归，就是"与谁归"。

渔家傲[①]
范仲淹

塞下[②]秋来风景异，衡阳雁去[③]无留意。四面边声[④]连角起，千嶂[⑤]里，长烟落日孤城闭。　浊酒一杯家万里，燕然未勒归无计。羌管悠悠霜满地，人不寐，将军白发征夫[⑥]泪。

（入选部编版语文教科书九年级下册）

[注释]

①选自《范仲淹全集》(凤凰出版社2004年版)。宋仁宗康定元年(1040),宋与西夏交兵,范仲淹被任命为陕西经略副使兼知延州,担起西北边疆防卫重任。这首词即作于这一时期。②塞下:边界要塞之地。这里指当时的西北边疆。③衡阳雁去:即"雁去衡阳",为符合格律而倒置。秋季北雁南飞,传说至湖南衡阳城南的回雁峰而止。④边声:边塞特有的声音,如大风、羌笛、马嘶的声音。⑤千嶂:层峦叠嶂。嶂,直立似屏障的山峰。⑥征夫:出征的士兵。

浣溪沙①
晏 殊

一曲新词酒一杯,去年天气旧亭台。夕阳西下几时回? 无可奈何花落去,似曾相识燕归来。小园香径独徘徊。

(入选部编版语文教科书八年级上册)

[注释]

①选自《二晏词笺注》(上海古籍出版社2008年版)。浣溪沙,词牌名。晏殊(991—1055),字同叔,抚州临川(今属江西)人,北宋政治家、文学家。

醉翁亭记①
欧阳修

环滁②皆山也。其西南诸峰,林壑尤美,望之蔚然而深秀者,琅琊也③。山行六七里,渐闻水声潺潺,而泻出于两峰之间者,酿泉也。峰回路转④,有亭翼然临于泉上⑤者,醉翁亭也。作亭者谁? 山之僧智仙也。名之者谁? 太守自谓也⑥。太守与客来饮于此,饮少辄醉,而年又最高,故自号曰醉翁也。醉翁之意⑦不在酒,在乎山水之间也。山水之乐,得之心而寓之酒也⑧。

若夫日出而林霏开⑨,云归而岩穴暝⑩,晦明变化⑪者,山间之朝暮也。野芳发而幽香⑫，佳木秀而繁阴⑬，风霜高洁⑭，水落而石出者，山间之四时也。朝而往，暮而归，四时之景不同，而乐亦无穷也。

至于负者⑮歌于途，行者休于树⑯，前者呼，后者应，伛偻提携⑰，往来而不绝者，滁人游也。临溪而渔，溪深而鱼肥，酿泉为酒，泉香而酒洌⑱，山肴野蔌⑲，杂然而前陈⑳者，太守宴也。宴酣之乐，非丝非竹㉑，射㉒者中，弈㉓者胜，觥筹交错㉔，起坐而喧哗者，众宾欢也。苍颜㉕白发，颓然乎其间㉖者，太守醉也。

已而夕阳在山，人影散乱，太守归而宾客从也。树林阴翳㉗，鸣声上下㉘，游人去而禽鸟乐也。然而禽鸟知山林之乐，而不知人之乐；人知从太守游而乐，而不知太守之乐其乐㉙也。醉能同其乐，醒能述以文者㉚，太守也。太守谓㉛谁？庐陵㉜欧阳修也。

（入选部编版语文教科书九年级上册）

[注释]

①选自《欧阳修全集》卷三十九（中华书局2001年版）。欧阳修（1007—1072），字永叔，自号醉翁，晚年又号六一居士，吉州永丰（今属江西）人，北宋文学家，"唐宋八大家"之一。②环滁（chú）：环绕着滁州城。滁州，在安徽东部。③望之蔚然而深秀者，琅琊（lángyá）也：一眼望去，树木茂盛又幽深秀丽的，是琅琊山。蔚然，茂盛的样子。④峰回路转：山势回环，路也跟着转弯。回，曲折、回环。⑤有亭翼然临于泉上：有一座亭子，（亭角翘起）像鸟张开翅膀一样，高踞于泉水之上。临，居高面下。⑥太守自谓也：太守用自己的别号（醉翁）来命名。⑦意：意趣，情趣。⑧山水之乐，得之心而寓之酒也：欣赏山水的乐趣，领会于心间，寄托在酒上。⑨林霏开：树林里的雾气散开。霏，弥漫的云气。⑩云归而岩穴暝（míng）：云雾聚拢，山谷就显得昏暗了。岩穴，山洞，这里指山谷。暝，昏暗。⑪晦明变化：意思是朝则自暗而明，暮则自明而暗，或暗或明，变化不一。⑫野芳发而幽香：野花开放，有一股清幽的香味。芳，花。⑬佳木秀而繁阴：好的树木枝叶繁茂，形成浓密的绿荫。秀，茂盛。⑭风霜高洁：指天高气爽，霜色洁白。⑮负者：背着东西的人。⑯休于树：在树下休息。⑰伛偻（yǔlǚ）提携：老年人弯着腰走，小孩子由大人领着走，这里指老老少少的行人。伛偻，弯腰曲背，这里指老人。提携，牵扶，这里指被牵扶的人，即儿童。⑱洌（liè）：清。⑲山肴野蔌（sù）：野味野菜。蔌，

菜蔬。⑳陈：陈列，摆开。㉑宴酣之乐，非丝非竹：宴中欢饮的乐趣，不在于音乐。酣，尽兴地喝酒。丝，弦乐器。竹，管乐器。㉒射：这里指投壶，宴饮时的一种游戏。把箭投向壶中，中多者为胜，负者按照规定的杯数喝酒。㉓弈（yì）：下棋。㉔觥（gōng）筹交错：酒杯和酒筹交互错杂。觥，酒杯。筹，酒筹，宴会上行令或游戏时饮酒计数的筹码。㉕苍颜：苍老的容颜。㉖颓然乎其间：醉倒在众人中间。颓然，倒下的样子。㉗阴翳（yì）：形容枝叶茂密成荫。翳，遮盖。㉘鸣声上下：指禽鸟在高处低处鸣叫。㉙乐其乐：以游人的快乐为快乐。㉚醉能同其乐，醒能述以文者：醉了能够同大家一起欢乐，醒来能够用文章记述这事的人。㉛谓：为，是。㉜庐陵：庐陵郡，就是吉州（今江西吉安）。

雨霖铃[1]

柳　永

寒蝉[2]凄切，对长亭晚，骤雨初歇。都门帐饮[3]无绪[4]，留恋处，兰舟[5]催发。执手相看泪眼，竟无语凝噎[6]。念去去，千里烟波，暮霭沉沉楚天[7]阔。　多情自古伤离别，更那堪，冷落清秋节[8]！今宵酒醒何处？杨柳岸，晓风残月。此去经年[9]，应是良辰好景虚设。便纵有千种风情[10]，更与何人说？

（入选人教版高中语文教科书必修4）

[注释]

①这首词应是作者离开都城汴京时写的。柳永（约987—约1053），字耆卿，原名三变，崇安（今福建崇安）人。北宋词人。早年常出入于歌楼舞馆，应科举屡试不中，直至仁宗景祐元年（1034）才中进士。柳永通晓音律，多为教坊乐工、歌伎填写歌词，其词在当时流传甚广。②寒蝉：蝉的一种，又名寒蜩（tiáo）。③都门帐饮：在都城汴京的城外，设帐置酒送别。帐，篷帐。④无绪：没有心思，心情不好。⑤兰舟：木兰木做的船，这是对船的美称。⑥凝噎：因为悲伤而喉咙梗塞得说不出话来。⑦楚天：战国时期楚国据有南方大片土地，所以古人泛称南方的天空为楚天。⑧清秋节：凄清的秋季。⑨经年：年复一年。⑩千种风情：形容说不尽的相爱、相思之情。

本著作物经北京时代墨客文化传媒有限公司代理，由作者蒋勋授权中南博集天卷文化传媒有限公司，在中国大陆出版、发行中文简体字版本。

© 中南博集天卷文化传媒有限公司。本书版权受法律保护。未经权利人许可，任何人不得以任何方式使用本书包括正文、插图、封面、版式等任何部分内容，违者将受到法律制裁。

图书在版编目（CIP）数据

蒋勋说宋词.上，从李煜到范仲淹/蒋勋著.--
长沙：湖南美术出版社，2020.10
ISBN 978-7-5356-9178-1

Ⅰ.①蒋… Ⅱ.①蒋… Ⅲ.①宋词—诗歌欣赏—青少年读物 Ⅳ.①I207.23-49

中国版本图书馆CIP数据核字（2020）第095658号

JIANG XUN SHUO SONGCI.SHANG, CONG LI YU DAO FAN ZHONGYAN

蒋勋说宋词.上，从李煜到范仲淹

出 版 人：黄　啸
出　　品：小博集
著　　者：蒋　勋
文字整理：黄庭钰
协力编辑：凌性杰
录音统筹·音乐：梁春美
录音·混音：白金录音室　钱家瑞
策　　划：文赛峰
责任编辑：王管坤
营销编辑：付　佳　余孟玲
版权支持：刘子一
书籍设计：利　锐
责任校对：林佳伟
出　　版：湖南美术出版社
　　　　　（湖南省长沙市东二环一段622号）
经　　销：新华书店
印　　刷：北京中科印刷有限公司
开　　本：875 mm×1270 mm　1/32
印　　张：5
版　　次：2020年10月第1版
印　　次：2020年10月第1次印刷
书　　号：ISBN 978-7-5356-9178-1
定　　价：39.80元

若有质量问题，请致电质量监督电话：010-59096394
团购电话：010-59320018